# 閣下と㋮のつくトサ日記!?

喬林　知



12485

角川ビーンズ文庫

# 閣下とマのつくトサ日記!?

閣下とマのつくトサ日記!?
アニシナ
【フォンカーベルニコフ卿アニシナ】
天上天下唯我独尊。日夜、過酷な実験にいそしむマッドマジカリスト。
コンラッド
【ウェラー卿コンラート】
前魔王の次男で、ユーリの名付親。軽やかな性格と柔軟な思考を併せもつ好青年。
ユーリ
【渋谷有利】
正義感と負けん気が人一倍つよい高校生。第27代魔王として皆に愛される。本編主人公。
Tomo Takabayashi
illust. Temari Matsumoto

登場人物紹介
ギュンター
【フォンクライスト卿ギュンター】
王佐、つまり魔王の
教育係としてユーリに
仕える貴族。
最近愛が暴走気味。
ヴォルフラム
【フォンビーレフェルト卿ヴォルフラム】
前魔王の三男。
わがままプー。
ひょんなことから
ユーリの婚約者に。
グウェンダル
【フォンヴォルテール卿グウェンダル】
前魔王の長男。
趣味・あみぐるみ。
冷徹な皮肉屋。
バドウィック
【フォルクローク・バドウィック】
小動物系編集者。
眞魔国中央文学館
娯楽文学部書籍課
婦女子係所属。

本文イラスト／松本テマリ

男が書くものだと、かねてより聞いている日記というものを、女の私《わたくし》も試みてみようと思って、こうして書き始めてみました。

ある高貴なる身分のお方と、その忠実なる臣下の日常と身分を超《こ》えた愛をつらつらと綴《つづ》るための日記なので、もしも私以外の誰《だれ》かの目にふれた場合は口を噤《つぐ》み、決して内容を漏《も》らさぬようお願いいたします。

とか言いながら閣下《かっか》、自分に無理やり読ませるのはやめてください！　そもそもこの国では性別に関係なく日記をつけるし、閣下はれっきとした男じゃないですか。しかも「身分を超えた愛」って何ですか、愛って。

もうはっきり言っちゃいましょうよ。畏《おそ》れ多くも陛下に向けた、閣下の片思い爆発《ばくはつ》の妄想《もうそう》日記なんでしょう？

おっ、お黙《だま》りなさいダカスコスっ！

せっかく内緒《ないしょ》で読ませてやれば、名誉《めいよ》なこととありがたがるどころかその言い種《ぐさ》。これだから軍人は困るのです。文学というものを理解しようともしな……。

どうでもいいですけど閣下、自分達はどうして筆談しているのでありますか……？

なったばかりだというのに、眞魔国《しんま》第二十七代魔王《まおう》である渋谷有利《しぶやゆーり》はひとつの記録を持っている。

「最年少即位《そくい》記録ぅ？　それ新人王とどっちが偉《えら》い？」

「どっちも立派ですよ」

ちょうどウェラー卿《きょう》コンラートが鍋《なべ》を掻《か》き回す手を止めた時に、超絶《ちょうぜつ》美形は服の裾《すそ》をはためかせ、苛《いら》ついた足取りで入ってきた。

「陛下！　お姿が見えないと思いましたらこのような場所に。以前も申し上げましたように、厨房《ちゅうぼう》でお食事をなさるのはおやめください！」

「これが食事？　こんなん味見だよ」

史上最年少魔王の教育係であり、職務を補佐《ほさ》する重要な地位にもあるフォンクライスト卿ギュンターは、眞魔国一と噂《うわさ》される美貌《びぼう》を歪《ゆが》めて主《あるじ》の手から小皿をひったくった。王佐《おうさ》と呼べば聞こえはいいが、灰色の長い髪《かみ》を振《ふ》り乱しユーリの後ばかり追い掛《か》けている姿は、単なる過保護な何でも係だ。

「コンラート、あなたもあなたです。何故《なぜ》、鍋など掻き回しているのですか」

「何故、って」

　誰とでも笑顔で話せる男、演技派俳優コンラッドは、小鼻をひくつかせて憤《いきどお》るギュンターに、軽く肩《かた》を竦《すく》めてみせる。

「焦《こ》げるから」

「そうそう、焦げたらもったいないじゃん」

　息の合った言いようにほんの一瞬《いっしゅん》、目眩《めまい》を覚えて、教育係は慌《あわ》てて気を取り直した。

ユーリがコンラッドにばかり心を許すといって、愚《おろ》かな感情から我を失っては何にもならない。いやしかし彼ばかりではないような気もしてきた。ヴォルフラムともどんどん打ち解けているようだし、グウェンダルとも急接近してしまったらしい。おまけにツェリ様相手に顔を赤らめ、聞くところによるとアニシナの毒気にもやられちゃったという。

「あああ陛下……陛下は私《わたくし》がお嫌《きら》いなのですかーっ？」

「な、何、何だいきなり⁉　どうしちゃったんだギュンター、いつもながら感情表現のオーバーな人だなぁ」

　自分よりずっとガタイのいい男にしなだれかかられて、ユーリは半歩後ずさる。貯蔵庫から戻《もど》ってきた厨房係が、ぎょっとして芋《いも》の袋《ふくろ》を取り落とした。

「ちょっとまさか、マジ涙《なみだ》⁉　あ、ジャガイモが転がってく」

「どうもこうもございません。私がどんなにお慕《した》い申し上げても、ふと気付けば陛下のお姿はなく、コンラートやヴォルフラムとばかりお戯《たわむ》れになって……」

「だってギュンターってあんまりお戯れになりたいタイプじゃないし、しかも何かっつーと日記に書くじゃん」

「そのようなお言葉のひとつひとつが胸に刺《さ》さります。近頃《ちかごろ》では要職格付けも星一つに落とされ、巷《ちまた》で発表される陛下ご寵愛《ちょうあい》番付表でも急降下」

「なんだその番付表って。やっぱ四股名《しこな》なのか、横綱《よこづな》とかいんのか？　いやそれ以前にチョーアイって何よ寵愛って！」

「愛!?」

「身分が上の方が、特別に目をかけて愛することですね」

几帳面《きちょうめん》に杓子《しゃくし》を動かしながら、コンラッドが小学生でも判《わか》る言葉で説明する。

「ついに私の名がグレタよりも下にーっ」

その気になれば女泣かせとして名を馳《は》せることもできるだろうに、超絶美形は本気で男泣きだ。貯蔵庫から戻ってきた二人目の厨房係が、ぎょっとして卵の篭《かご》を取り落とした。

「あ、あ、生卵が流れてく。落ち着けギュンター、グレタはほら、娘《むすめ》なんだからしようがないだろ？　血は繋《つな》がってないとはいえ」

最後の一言で余計に不安が増してしまい、教育係はスミレ色の瞳《ひとみ》の幅《はば》で涙の滝《たき》を形作る。

「そっ……その上ここ数日などは、惨《みじ》めな私を嘲笑《あざわら》おうという輩《やから》でもいるのか、一日中視線を感じる始末。こうまでなったらもう情けなくってやってられないっトサーぁ」

「は⁉」

いけないものを聞いてしまったという表情で、ユーリが瞬間《しゅんかん》的に硬直《こうちょく》する。

「い、今なんて」

「ず、ずびばぜん。私としたことが、つい興奮してしまいました」

赤葡萄酒《ぶどうしゅ》の瓶《びん》を右手で探し出し、コンラッドは説明ついでに一口呷《あお》った。彼自身は殆《ほとん》ど気にしていないが、実は番付上位者だ。

「クライスト地方にはトサ湖という湖があって、ギュンターはそこの生まれなんです。彼の母上は魔力《まりょく》の才に恵《めぐ》まれた湖畔族《こはんぞく》だし、フォンクライスト家の別邸《べってい》も建てられているので」

「トサ湖、で、やってられないトサ……てことは方言？　お国言葉？　じゃあギュンターって土佐《とさ》生まれのいごっそうだったんだな」

「いえ、イゴッソーは山鳥の鳴き声ですが、私は湖畔の生まれです」

「そうか湖畔っていえばカッコウか。ああ違《ちが》うよっ、混乱してきたぞ⁉」

四六時中冷静なウェラー卿は、火力を調節するために腰《こし》を屈《かが》めた。

「けど、その視線ってのは気になるな。朝から晩までギュンターを尾《つ》け回せる閑《ひま》な者が、城内にいるとも思えない。外部から不審《ふしん》な人物が出入りしているなら、警備の仕方に問題がある。お城見学の子供達はこんな奥まで来ないだろうし」

「子供というよりも、もっとこう、熱い視線なのですよ」

「熱い視線！　じゃあもしかしてストーカーの女の子なんじゃねーの？　ギュンターって無駄《むだ》に顔がいいもんな」

「悲しいことを仰《おつしや》らないでください。私が陛下一筋なのをご存じでしょう、そこらの女に好かれたところで、嬉《うれ》しくも何ともありません」

「嘆《なげ》くポイントが独特だな、フォンクライスト卿は」

主君の手に頬擦《ほおず》り寄せる同僚《どうりよう》を、ちらりと横目でうかがうと、コンラッドは鍋に酒を入れ、ゆっくり掻き混ぜてから味をみた。

彼にとってはいつもどおりの、平和で長閑《のどか》な光景だ。

貯蔵庫から戻ってきた三人目の厨房係が、足を滑《すべ》らせて小麦粉の袋を取り落とした。揚《あ》げ物の準備が調《ととの》いつつある。


魔族《まぞく》見た目が似てねえ三兄弟の長男であり、眞魔国の繁栄《はんえい》と栄華《えいが》のためなら過労で倒《たお》れることをもいとわない男、フォンヴォルテール卿グウェンダルは、我が身の不幸を嘆きながらも、いつもどおりの不機嫌《ふきげん》な表情で歩いていた。

そもそもここは魔王の直轄地《ちょっかつち》、王都に建つ血盟《けつめい》城の石廊下であり、自らの治めるヴォルテール地方の城ではない。つい先日、彼は王都に呼びつけられ、当代魔王陛下の名代として種種雑多な執務《しつむ》を片付けさせられたのだ。もうどれだけの懸案事項《けんあんじこう》に暫定《ざんてい》策を出し、どれだけの要望書に代理署名をしたことか。

確かに中央の事務仕事が立ちゆかなければ国内は混乱に陥《おちい》るだろうが、このままの状態が続くようなら、自分は当代陛下の摂政《せっしょう》という立場になってしまう。冗談《じょうだん》ではない、あんな厄介《やっかい》なお子様の摂政役などさせられてたまるものか。この場にユーリ本人がいたら、恐《おそ》らく「そんな殺生《せっしょう》な」くらいの駄洒落《だじゃれ》は言うだろう。その光景を想像して、少々微笑《ほほえ》ましい気分になる。

とにかく。急を要する問題はどうにかした。これでグウェンダルは解放されるはずだ。明日には地元へと発《た》てるだろう。戻ったらまずは製作途中《とちゅう》のバンドウエイジくんだ。それから里親の決まった猫《ねこ》ちゃんに、黄色い首輪をつけてやる。もちろんどちらもあみぐるみの話である。赤い悪魔が旅行中でいないから、ゆっくりと趣味《しゅみ》に没頭《ぼっとう》できる。

角を曲がってくる者達の声がして、グウェンダルは弛《ゆる》みかけた頬を引き締《し》めた。にやけたところを見咎《みとが》められでもしたら、どんな噂を立てられるか判ったものではない。

言い合いながらやって来たのは王様と側用人、ユーリとギュンターだった。こいつらの職務怠慢《たいまん》のせいで……と、瞬間的に血圧が上がる。

「……なんだ?」

だが、こちらに気付かず前方をゆく二人の背後には、小さな黒い影《かげ》がはり付いていた。柱や物陰《ものかげ》に隠《かく》れつつ、彼等を尾けているらしい。

「尾行《びこう》だと？　王城内で」

それにしてもすぐ後ろをピタリと追跡《ついせき》されて、まったく気付かないとはどういうことだ。国家の要《かなめ》たる存在として、たるんでいるとしか思えない。フォンヴォルテール卿は長い足で一気に駆《か》け寄り、追跡者の首を素早《すばや》く掴《つか》んでぶら下げる。

かなり小柄《こがら》だ。いや小柄どころか、小さい。持ち上げられて地面に届かずに、両足をばたばたさせている。

「……子供か」

「いやだなー子供じゃないですよこう見えてもちゃんと成人してますよそれよりあのー早いとこ下ろしてくださいませんかいえいえ怪《あや》しい者ではありませんわたしけっして不審な者ではございませんのですけれども」

白と灰色が混在する服に、底が平らな特殊《とくしゅ》な靴《くつ》を履《は》いている。金茶の髪《かみ》は長いとも短いともつかず、顔も美形というほどの部類ではないが、よく動く瞳の輝《かがや》き方は頭脳の回転が速いことを示している。じっくり観察してどうやら男性だと判ったが、男らしい部分も特にない。

「実に目立たんな」

「あ、これですかこれですか？　これこの靴も服も新製品でこの間買ったばかりなんですけれども。ちょっとした魔力で足音が消せてちょっとした魔力で肉食獣《にくしょくじゅう》に見えにくい服っていう」

「……それは単なる保護色だろう」

「いえそんなことないですよ『女王様の着想』っていう便利商品ばっかり集めた店で」

それはもしやアニシナの発明品店では⁉

「あああのわたし申し遅《おく》れましたがこういう者で……」

「悪いことは言わない。その店の商品には手を出さない方が身のためだぞ」

「え、どうしてですか面白《おもしろ》い物多いんですよ魔動《まどう》・洗濯《せんたく》バサミとか魔動・服の裾《すそ》上げとかですけれどもっ。どこが魔力なのか消費者に伝わってこないというところが密《ひそ》かな人気で……ぎゃはーっ！」

幼馴染《おさななじ》みであり編み物の師匠《ししょう》であり生涯《しょうがい》の宿敵でもある眞魔国三大魔女の一人、赤い悪魔ことフォンカーベルニコフ卿《きょう》アニシナの発明品を擁護《ようご》されて、グウェンダルは無性に腹が立った。それが運良く商品化され密かな人気に至るまでに、不幸にも実験台として見込まれた自分がどれだけあからさまな被害《ひがい》を受けたことか。

もう「よく見ると両眼《りょうめ》がくりくりしてて小動物系で可愛《かわい》いかも」などと思う間もなく、騒《さわ》ぎに気付かず遠ざかっていくギュンターたちに向けて、グウェンダルは小柄な尾行者を投げつけていた。

「なんですかこれはまた魔動投石機か何かでひゅーん……げひゃん！」

結構、コントロールが良かった。

「改めましてこんにちはわたし実はこういう者なのですけれども」

互《たが》いに同じ位置に瘤《こぶ》を作った二人は、ギュンターの私室でようやく自己紹介《しょうかい》に至った。差し出された名刺《めいし》を眺《なが》めて読み上げる。

「眞魔国中央文学館、フォルクロークロ・バドウィック……編集者……というと王城へは取材目的で？　はっ、まさか、陛下の絵画集などを出版しようとしているのでは!?」

こうして向かい合って座っていても、大人と子供くらいに座高の差がある。バドウィックと名乗った小柄な男は、よく動く小動物系の瞳《ひとみ》を細め、顔の前でせこせこと手を振《ふ》った。

「いえいえいえこの度《たび》は陛下のことではなく、あいえそれはもちろんお許しがいただければ第二十七代魔王陛下の公式絵画集などもわたしどもに手掛《てが》けさせていただければ光栄なのですけれども、ですがですね今回は実は日記の件で」

「日記!?」

ギュンターは音を立てて椅子《いす》を引き、慌《あわ》てて周囲を見回した。自室なので他《ほか》に人目はないし、洋室だから障子にメアリーもいない。当然、壁《かべ》にミミアリーもだ。

「に、日記とは一体、どういう日記でしょうかっ⁉」

「実はわたしの知人が入手したものなのですけれども。その知人というのは偉大《いだい》なる眞王《しんおう》陛下の御魂に身も心も捧《ささ》げるといった、わたしのように世俗《せぞく》にまみれた者からは想像もつかない生き方を選択《せんたく》した男なのですけれども」

ぎく。

人当たりのいい笑《え》みを浮《う》かべ、焦《こ》げ茶の丸い目をくるくるさせながら早口で話す編集者を前にして、ギュンターは内心の動揺《どうよう》を悟《さと》られないように小さく頷《うなず》くのがやっとだった。

「ええと世間的には修道の園と呼ばれている場所のことですけれども。ご存じのこととは思いますがあすこの生活はそりゃあもう禁欲的で厳しいのですよ髪や眉《まゆ》どころか全身の体毛を一本残らず剃《そ》っちゃうんですツルツルに」

「つ、つるつるに」

しらばっくれて聞き返してみるが、そんなことは先刻承知だった。何しろ彼はほんの半月ばかり前に、些細《ささい》な誤解から突《つ》っ走り、問題の修道の園で体験修行をしてきたばかりだ。年齢不《ねんれいふ》詳《しょう》の坊主《ぼうず》達によって繰《く》り広げられる、ある種現実離《ばな》れした空間は、忘れようったって忘れられるものではない。

「でですねでですねっ、知人が申しますに最近そこでの密かな楽しみが、極秘《ごくひ》に書き写されたある日記文学を回し読みすることだというんですけれども！　いえそれがもう禁じられた愛あ

り冒険《ぼうけん》あり男と男の友情ありと萌《も》え要素のてんこ盛りで一度読み出したら止まらない無制動トロッコ小説状態なのだそうでして」

楽しげな様子のバドウィックをよそに、ギュンターは背筋と胸の谷間（ないけど）に、嫌《いや》な汗《あせ》を感じていた。

思い当たる。

ものすごく明確に思い当たる。

体験修行初日の就寝《しゅうしん》時、指導僧《そう》などと偉《えら》ぶった無粋《ぶすい》な坊主に、心ない一言と共に没収《ぼっしゅう》された日記帳は、最終日の出立直前まで返却《へんきゃく》されなかった。それが内部の者の手によって、一字一句違《たが》わず写本されていたとしたら⁉

あの、自称《じしょう》名作「夏から綴《つづ》る愛日記」が、修道の園全員の目に触《ふ》れていたとしたら⁉

心の叫《さけ》びを知ってか知らずか、編集者は不意に話題を変《か》えた。

「ところでフォンクライスト卿ギュンター閣下、近頃《ちかごろ》、巷《ちまた》ではどんな小説が読まれているかご存じですか？」

「は、はあ、えーと……『ある酒乱《しゅらん》戦記』などでしょうか」

バドウィックは喜色満面に膝《ひざ》を打つ。

「そうそのとおりですとも！　酒乱だけが唯一《ゆいいつ》の欠点である王がそのために何もかもを失い、しかし決して諦《あきら》めることなく忠誠を誓う仲間《ちか》達と共に王国を再建するという、壮大《そうだい》な規模の感動巨編《きょへん》ですけれども！　他には如何《いかが》です？」

「私、教養としての古典や実録には通じていても、大衆向けの小説には明るくなくて……確か『サカナ大戦』という題名も耳にしたことが」

「そうですそうです！　海産物雑伎団《ざつぎだん》の団員とは仮の姿、しかしてその実態は海の覇権《はけん》を巡《めぐ》って様々な幻《まぼろし》の魚類を操《あやつ》り闘《たたか》う美丈夫《びじょうぶ》戦士達を描《えが》いた娯楽《ごらく》大作ですけれどもっ。こちらは多方面展開して歌劇にもなりまして、主題歌がかかると何故《なぜ》か海産物の売れ行きが上がると大評判でした。どちらもわたしども眞魔国中央文学館から出版しご好評をいただいておりますありがとうございます」

営業スマイルで礼を言われると、今さら未読だとは口に出しにくい。ついついその場の勢いで、佳境《かきょう》では泣きましたなんていい人ぶってしまう。

「けれどですね」

やや寂《さび》しそうな表情をつくって、編集者バドウィックは言葉を続けた。

「残念ながらわたしどもの手掛けた書物の中には、いえこれは出版業界全体の問題なのですが……女性の皆《みな》さんが楽しめるような作品が殆《ほとん》ど皆無《かいむ》に近いのです」

「女性が……そうですかー」

フォンクライスト卿自身は、決して性差別主義者ではない。女子供に学問は不要！　などとは一度として考えたこともなかった。実際、養女《むすめ》のギーゼラは最高学府で治癒魔術《ちゆまじゅつ》を究《きわ》め、現在では癒《いや》し系女性士官として活躍中《かつやく》だ。なのに曖昧《あいまい》な返事になってしまったのは、ツェリ様やアニシナが小説を楽しむ姿が、容易には想像できなかったからだ。

フォンシュピッツヴェーグ卿《きょう》ツェツィーリエ上王陛下がいつも読まれているのは、殿方《とのがた》からの愛の手紙ばかりだし、フォンカーベルニコフ卿マッドマジカリスト・アニシナ嬢《じょう》が常に読みふけっているのは、伝説の最凶《さいきょう》魔術を記したといわれる分厚い古文書だ。

女性向けの作品？　それはどういうものなのだろう。

「もちろん中には戦記物や学術書を実に実に心から楽しまれる希有《けう》な方もいらっしゃるでしょうけれどもっ。でもでも多くのご婦人方は、もっと心震《ふる》わせるような青春恋愛《れんあい》喜劇や大河伝奇《でんき》物語を求めているはずなのですよっ。飛び散る涙《なみだ》、迸《ほとばし》る叙情感《じょじょうかん》、求め合いけれどすれ違う運命の恋人《こいびと》達！」

それは喜劇でないのでは。

突っ込むこともはばかられて、やむなくギュンターは紅茶を啜《すす》った。熱く語るバドウィックからは、喩《たと》えようのないオーラが発せられている。

「そこでわたしどもはこう考えたのですけれども！　仕事を持ち国家に尽《つ》くしている職業婦人が休憩《きゅうけい》時間に楽しめ、家庭を切り盛りしている主婦が家事労働の合間に楽しめ、年若い娘さんたちが学業や習い事の教室で話題にできるような作品を世に送り出すことこそ、我々出版業界人の火急の務め。世のご婦人方は血湧《わ》き肉躍《おど》る本を心待ちにしているそうそれこそが物語の扉《とびら》、異世界への鍵《かぎ》、冒険はここから始まるのだと！」

「な、なんかそのような気もしてきました」

「でしょう!?」

　正直言って最後の方は意味不明なのだが、文学について語り出した編集者を止めることなど、正午を告げる鐘《かね》でもできない。さしものフォンクライスト卿も圧倒《あっとう》され、小さい人相手に頷くばかりだ。

「ここまでお話しすればもう察していただけるものと思いますけれども」

　だからバドウィックがそう言いだしたときにも、一体何を察すればいいのか見当もつかなかった。眞魔国王佐公認《こうにん》のお墨《すみつ》付きでも貰《もら》い、課題図書として宣伝したいのか。

　熱血編集者は座高の低い半身をずいっと乗りだし、小声ながら力強く言葉を続けた。

「……閣下の日記を出版させていただきたいのです」

「はあ、私の日記を……出版？」

　二つの単語が頭の中を回り、先程の瘤《こぶ》が急に熱を持ち始めた。

　日記日記日記、出版出版出版。

　【出版】文書、図書などを印刷し世に出すこと。『新選・眞魔国語辞典』より。

　単純な言葉の恐《おそ》ろしい意味が、じわりとギュンターに染《し》み込んでくる。

「ギュンター閣下のお書きになった『夏から綴る愛日記』を、ぜひともわたしども眞魔国中央文学館娯楽《ごらく》文学部書籍《しょせき》課婦女子係から、商業出版させていただきたいのですけれどもっ」

「えっ⁉　ええっ⁉　えーっ⁉　まさかわたくしの愛日記をですかッ⁉　いえですけどあれは実は二作目でしてその前に『春から始める夢日記』があるのですがいやそんな問題ではなくて、あれはまあそのう㊙、マルヒですよっ！　だって陛下とこの私の……えー、あーうー、えーと忠誠と信頼《しんらい》を少々、脚色《きゃくしょく》して書き連ねたものですしー」

「存じております。いやあ感動しましたですよ主と従者の禁じられた愛と葛藤《かっとう》の日々を赤裸々《せきらら》に記した傑作《けっさく》ですとも」

「いえ、だから表向きは忠誠と信頼ということに……」

「でもどう読んでも愛と葛藤ですよねっ？」

　ばれている、完全にばれている。

　場数を踏《ふ》んだ編集者の炯眼《けいがん》の前では、素人《しろうと》の抵抗《ていこう》など無に等しい。当代魔王の教育係であり王佐でもある超絶《ちょうぜつ》美形は、整った眉間《みけん》やこめかみや、灰色の髪《かみ》の奥にまで嫌な汗をかき始めた。

頭皮チェックお願いします。

「あ、あ、愛と葛藤だなんてそんなおっ、畏《おそ》れ多いっトサぁーっ」

「おや閣下、閣下はもしやトサもんですか⁉　実はわたしの親戚《しんせき》の友人の恩師の御《ご》母堂の昔の恋人もトサ湖の東の生まれですけれどもっ。故郷の訛《なま》り懐《なつ》かしさに、停車場まで聞きに行っちゃったこともあるくらいです」

縁《えん》もゆかりも無いに等しいが、付き合いだけはいいようだ。

悪意の欠片《かけら》も感じさせない笑顔で、編集者は両手で抱《かか》えていた茶碗《ちゃわん》を置いた。

「どうでしょう陛下への忠誠と見せかけた閣下の報《むく》われない愛と葛藤を、この国の恋愛小説を切望するご婦人方のために出版させてはいただけないでしょうか。あ、もちろん実在の御方《おかた》とは悟《さと》られぬように地名実名役職などは全て書き換《か》えてくださってかまいませんですけれども。その際はこのわたしバドウィックが微力《びりょく》ながらもお手伝いさせていただきますけれどもっ」

「報われないだなんてそんなー」

蜂《はち》の群が旋回《せんかい》しているような猛烈《もうれつ》な耳鳴りに襲《おそ》われて、ギュンターは不規則なタイミングで身体《からだ》を左右に揺《ゆ》らしていた。

「あ、それから前作である『春から始める夢日記』ですか？　よろしければそちらも是非《ぜひ》読ませてくださいさい。実は愛日記だけでは頁数《ページ》が足りないかもですし導入部分が少々唐突《とうとつ》ですものねっ。それと登場人物の性格を把握《はあく》するのに役立ちそうなとっておきの逸話《いつわ》などがあったりすると、ご婦人方の心をぐっと摑《つか》むと思うのですけれども。ああん陛下ちょー可愛《かわい》いーとかどーしてウェラー卿はいつもいいとこばっか持ってくのカッコイイーとか、痩《や》せがえる負けるな閣下ここにありーぃとか」

「陛下、ちょー、可愛いー、デスか？　つまりその逸話というのは、陛下の可愛らしさを知らしめるとっておきの愛らしいお話ということですか？」

当代魔王陛下のかわいらしさを探させたら、自慢《じまん》じゃないが右に出る者はいない。ちなみに左から追い抜《ぬ》こうとする不心得者《ふこころえ》は、嫉妬《しっと》の視線だけで黒焦《くろこ》げにされるだろう。

急に元気になったギュンターを前にして、編集者は、はい？　という顔だ。

「だったらいくらでもございます！　最近の微笑《ほほえ》ましい出来事の中にも、それはもう抱き締《だし》めてしまいたくなるような秀逸《しゅういつ》のものが……」

「ああやっぱりぽん、いえ失礼やっぱりですねそうだと確信はしていましたけれどもっ」

忠誠というより、愛なのね。

# じゃじゃクマならし

これは私が足を棒にしながら兵達に聞き込み、無関心なふりを装《よそお》いながらもフォンビーレフェルト卿ヴォルフラムに探《さぐ》りを入れた結果としてまとめることができた、陛下の最新逸話です。

ああできることならば私ことギュンターも、陛下と共にありたかった！　そして喜怒哀楽《きどあいらく》の何もかもを、この身をもって体験したかった。

私の、海をも越《こ》えるほど切ない想《おも》いを、陛下はきっとご存じないのでしょうね。

おもひやる心は海をわたれども
　ふみしなければ知らずやあるらん

# 一日目

絵のモデルになるよう頼《たの》まれたら、誰《だれ》だって少しは躊躇《ちゅうちょ》する。ましてやそれが裸婦《らふ》ならぬ、ラ男であったなら、十中八九お断りだ。

おれももちろん躊躇した。そしてやんわりと辞退した。

ところが描《か》き手も心得たもので、今が一番いい時機だからとか、若くて綺麗《きれい》なうちに絵画として残しておこうとか、アイドルを脱《ぬ》がせちゃうカメラマンみたいに言葉の限りを尽くして説得してくる。おれのほうも段々面倒《めんどう》になってきて、上半身だけの条件付きで承諾《しょうだく》してしまった。日々の鍛錬《たんれん》の賜物《たまもの》で少しは筋肉がついてきていたし、数日前にグウェンダルが廃棄《はいき》していったトレーニングマシンの効果も見たかったからだ。

眞魔《しんま》国科学の粋《すい》を結集して製作されたそれは、通販《つうはん》番組でよく見たブレードにそっくりだった。魔力増強刃というらしいが、中央の握《にぎ》りを持って振《ふ》ってみると驚《おどろ》くほど背筋と腹筋に効く。さすがは大投手ランディ・ジョンソンもご愛用の品、これならあらゆる筋肉を鍛《きた》えられそう。

「だったら鍛え上げてプチマッチョになった肉体を、グラビアならぬ油絵で残すのもいいかもなと思っただけなのにーっ」

下半身を隠《かく》す布を押さえながら、おれはドアへと突進《とっしん》した。絵筆を投げ捨てたヴォルフラムが、鼻を摘《つま》みながら追いついてくる。

「逃《に》げるなユーリ！　男らしくないぞ」

「ひひどかかひぇると言ったんひゃから、ひゃいほまひぇひひんと座《すわ》ってひろ」

「冗談《じょうだん》じゃねーぞ!?　確かに脱いだのは上だけだったけど、下半身が腰蓑《こしみの》ってのはどういうセンスよ。ジャングル大帝《たいてい》は大好きだけどジャングルの王者ターザンにはなりたくねーっての。しかもこの、この、うううこの恐ろしい臭《にお》い！　なんだこりゃ!?　お前どこのメーカーの油絵の具使ってんの？　くさやの干物《ひもの》から抽出《ちゅうしゅつ》されるやつ!?」

室内は呼吸を拒否《きょひ》したくなるような物凄《ものすご》い臭気《しゅうき》に満ちていた。自分だけちゃっかり鼻を洗濯《せんたく》バサミでガードして、ヴォルフラムはおれの腰蓑をしっかり掴んだ。

「くそっ、おれにもその魔動洗濯《せんたく》バサミとやらをよこせ！　ああもう臭《にお》いで気が遠くなってきたよっ」

「まったく、芸術を解さない輩《やから》は困る。最高級の顔料を前にして、香《かお》りのことしか言えないとはな！」

目映《まばゆ》いばかりの金髪《きんぱつ》と湖底を思わせるエメラルドグリーンの瞳《ひとみ》、天使のごとき美貌《びぼう》の元王子様は、アクセサリー代わりの鼻洗濯バサミを揺らしながら言った。

「これは滅多《めった》なことでは手に入らない希少価値の顔料だぞ。お前の肌《はだ》の色に近いと思って、わざわざ国外から取り寄せたんだ。聞くところによると、さる動物の排泄物《はいせつぶつ》から……」

「サル!?　サルのうんこなのか!?」

「いや、猿《さる》ではなく」

「猿であろうがなかろうが、糞《ふん》から作られた絵の具でおれの顔を塗《ぬ》るな。しかも」

おれはアマチュア画家の手を振り払《はら》い、涙《なみだ》の出そうな刺激臭《しげきしゅう》を堪《こら》えてキャンバスに歩み寄った。長男が編み物で三男が絵画とは、外見と趣味《しゅみ》のギャップが大きい兄弟だ。こうなると次男の私生活がどんなものなのかは、訊《き》かないほうが身のためかもしれない。

「これのどこがおれの肖像画《しょうぞうが》だ？　お前の眼《め》にはおれがこんな風に見えてんの？　これどう見たってピカソどころか……」

厚い胸板と割れっ腹めざして鍛錬中の肉体は、垂れた胸とせりだした腹に書き換えられている。丸くおどけた両眼の周りには隈取《くまど》りがあり、気のせいか長い髭《ひげ》が数本飛び出ている。片手に徳利《とっくり》さえ持たせれば。

「……完璧《かんぺき》に信楽焼《しがらきやき》のタヌキじゃん!?　居酒屋に転がってるタヌキだよなあ!?　普段《ふだん》は美しいだの見目いいだのっておだてていてからにさ、本当はこういう風に見えてたわけ？　抽象的《ちゅうしょうてき》にも程があんだろ」

「ぼくの才能に嫉妬《しっと》してるのか」

「違《ちが》うって。それにこの胸、この垂れた乳！」

ご丁寧《ていねい》に乳首まで描いてあるが、野球人というより相撲《すもう》レスラーの肉である。

「確実にBカップはありますよ。こんなに誇大《こだい》広告されたらおれ、JAROに電話されちゃうぜ!?」

「ジャロってなんジャロ」

「お前が言うなーっ」

とにかく空気を入れ換《か》えようと、部屋中の窓という窓を開けまくる。秋の午後の黄色っぽい陽光が差し込んで、枯《か》れ葉を乗せた風が流れてきた。

手近な布を振り回し、どうにか悪臭《あくしゅう》を分散させようとする。腰蓑一丁で両手両足をばたつかせる姿は、傍《はた》から見れば相当奇妙《きみょう》だろう。

「何やってんだよ、手伝えよっ。このままじゃ今夜寝《ね》られないだろ」

そう、お約束どおり此処《ここ》はおれの居室で、ベッドルームに隣接《りんせつ》したプライベートなリビングだ。テニスコート二面分の広さはあるが、確かに王様個人の部屋のはずだ。

「だいたいどうしてお前はおれんとこに住んじゃってるんだよ。こんなばかでかい建物なんだからさ、ゲストルームくらいいくらでもあるんだろ？」

悪びれる素振《そぶ》りさえ見せずに、ヴォルフラムは胸の前で腕《うで》を組んだ。得意の反《そ》っくり返りポーズになりつつある。

「別棟《べつむね》の客舎は兄上の隊が使っているが、城内の東側に迎賓棟《げいひんとう》がある」

「それだ、迎賓館！　外国のお偉《えら》いさんとかが宿泊《しゅくはく》する施設《しせつ》だろ？　今はお客さん誰も来てないからさ、ヴォルフがそっちに住めばいい。そうすりゃもうグレタに疑われることも、ニコラに二股《ふたまた》はよくないって囁《ささや》かれることもなくなる」

「迎賓棟は駄目《だめ》だ。聞いていないのか？」

どうして駄目なんだ、下品が伝染《うつ》るからか？　泊《と》まるだけなら大丈夫《だいじょうぶ》だろうに。

美少年は魔動洗濯バサミ越しに鼻を鳴らし、腰蓑姿のおれを見下ろした。

「自分の城の状況《じょうきょう》も把握《はあく》できていないとは。これだからお前はへなちょこだと言うんだ。ギュンターかコンラートから聞かされていないのか？　いいか、この城の東側には、見たこともないような怪物《かいぶつ》が棲《す》みついているんだ」

おれは軽く肩《かた》を竦《すく》め、顎《あご》を前に突《つ》き出した。眉《まゆ》と目の間が妙《みょう》に空いて、間抜《まぬ》けな顔になってしまう。

「怪物ー？」

「そうだ」

「怪物、ていうか魔物？」

「魔物じゃない。いいかユーリ、少々アタマが軽いくらいなら、可愛《かわい》い奴《やつ》と好意的にも思えるが、極端《きょくたん》に頭の悪そうなことを言っていると正真正銘《しょうしんしょうめい》本物の馬鹿《ばか》かと笑われるぞ。我々が魔物の扱《あつか》いに困るはずがないだろう。魔物の大半は魔族に忠誠を誓《ちか》っている」

「へえすげーや、さすがに㋮のつく者同士だ。けど怪物とか化物《ばけもの》は別なわけ？　なんだろどこが違うんだよマと怪《かい》と」

足の数とか甲羅《こうら》の形とか、背中の星の模様とかだろうか。

ヴォルフラムは絵の具を箱に戻《もど》し、イーゼルを軽く蹴《け》って折り畳《たた》んだ。今日のところはこれくらいにしといてやらあ、という態度。此処は誰の部屋だっけと、今更《いまさら》な疑問が頭をもたげる。

「だったらその問題の生物を追っ払《ぱら》えば、お客さんはそこに泊まれるわけだよなあ」

「はあ？　お前はまた何を奇天烈《きてれつ》なことを」

「キテレツじゃねーよ、そいつを首尾《しゅび》よく駆除《くじょ》すれば、ヴォルフも迎賓館で生活できるんだろ？　そうすれば絵のモデルをやらされることも、部屋中を汚染《おせん》されることもなくなる！」

「簡単に始末できるようなら、衛兵や警備隊がとっくにやっている。そうならないということは、厄介《やっかい》な相手に違《ちが》いない」

「わっかんないぞ？　実は密かにヨワヨワなんだけど、誰《だれ》一人として敵の弱点を発見できてないだけかもしれないぜ？　よーし決めた！　快適空間と完全一人部屋と安眠《あんみん》のために、おれはモンスターを退治する！」

久々に聞く、RPG用語らしき響《ひび》きだ。

野性味溢《あふ》れる姿で背筋を伸《の》ばし、腰《こし》に両手を当ててワイルドに叫《さけ》んだ。

「おれは断固モンスターと闘《たたか》う！　ターザン嘘《うそ》つかない！　怪物が怖《こわ》くて松坂の球が捕《と》れるか

ってんだーっ」

捕らせてもらえる予定もないけど。

昼過ぎという時間帯のせいか、城内の警備は比較《ひかく》的緩《ゆる》やかで、行き交《か》う人の数もそこそこ、犯行にはうってつけの状況だった。自然と忍《しの》び足になる。

「待てよ、別に悪いことしようってわけじゃないんだよな、おれたち」

そう、人々……主におれを困らせている存在、城の奥深くに巣くうモンスターを討伐《とうばつ》するのが今回のイベント。救出するべき姫《ひめ》や村人は特にいないが、この任務に成功すれば快適な一人暮らしが待っている。目指せ個室、勝ち取れ安眠。

「悪いことではないにしろ、あの場にいたのがギュンターだったら、計画するまでもなくお終《しま》いだったぞ。過保護な年寄りや護衛にも内緒《ないしょ》で、こんな子供じみた作戦に付き合ってやっている、ぼくの心の広さに感謝しろ」

「いや、原因は八割方お前なんだけどね」

装備一式を借りている身としては、大声で批判はしづらかった。

問題の迎賓棟への渡《わた》り石廊下は、黄色と黒のロープで封鎖《ふうさ》され、暇《ひま》を持て余した兵士が二人、休めの姿勢で立っていた。なんだかとても、長閑《のどか》でユルい。

「これは陛下！　このようなむさ苦しいところへようこそ！」

「ああうん、ちょっと君達を労おうかと思ってさ」

おれとヴォルフラムの姿を見てたちまち姿勢を正した兵達に、元王子殿下《でんか》は慣れた様子で手を振《ふ》った。

「ちょっとした散歩だ、楽にしていいぞ」

どちらが王様だか判《わか》りゃしない。

力強い太字の注意書きが、壁《かべ》に何枚も貼《は》られている。立つな、入る、時！　ああ、要するに立入禁止か。

「怪物が棲みついてるらしいね」

「怪……はっ、確かにそのような生物が、おりますことはおりますデスが、奴の根城……いえ寝室《しんしつ》は一層下ですし、この先はミッキーが巡回《じゅんかい》しておりますので、ご心配には及《およ》びません！　皆様《みなさま》のお使いになる区域には、絶対に近づかせないことをここに誓います！」

選手宣誓《せんせい》みたいに腕を上げて、小柄《こがら》なほうの兵士が更《さら》に背筋を伸ばした。舞浜《まいはま》では踊《おど》っているばかりのミッキーも、眞魔国では絶大な信頼《しんらい》を得ているようだ。

「それでだね、実はその怪物を、話の種にちょっとだけ見てみたいなーなんて、思っちゃったりしてんだけど」

「は!?　陛下が、アレをですか!?　いえしかしコンラート閣下はご一緒《いっしょ》ではないので……?」

　せっかく下手に出てお願いしてみたのに、兵士はぎょっとして顔色を変えた。すぐに名前が出たところをみると、責任者はギュンターではなくコンラッドらしい。仕方がない、堂に入っているとは言い難《がた》いけれど、ここは一つ偉大《いだい》なる魔王《まおう》陛下ぶって居丈高《いたけだか》に命令でもしてみるかと、おれが首を二回鳴らした時だった。

「そうか、それがお前等の総意か」

　いつもの美少年ボイスとは一八〇度違《ちが》う、地の底から響くような恐《おそ》ろしい声で、ヴォルフラムは静かにそう切り出した。どことなく長兄を彷彿《ほうふつ》とさせる。魔族似てねえ三兄弟なんて呼んではきたが、最近では「外見に騙《だま》されちゃいけない三兄弟」になりつつある。

「コンラートが一緒でないのが不服なんだな。ぼくとユーリだけでは城内さえ自由に歩かせないと、お前等警備は言いたいわけだ。自分達の主はユーリではなく、コンラートだと示し合わせているんだろう!?」

「そ、そんなとんでもないっ」

「いーや、そうに決まっている！　たとえ僅《わず》かな数だとしても、その思想は確かに反逆罪に通じるものがあるぞ。ウェラー卿《きょう》を担《かつ》ぎ出して国家転覆《てんぷく》を謀《はか》ろうとは！　大逆の芽は早いうちに摘《つ》んでおかなければ」

「め、滅相《めっそう》もございませんッ」

二人の兵士は顔面を蒼白《そうはく》にし、気の毒なくらいに狼狽《うろた》えた。今にも三男の足に縋《すが》り付き、赦《ゆる》しを請《こ》いそうな怯《おび》え方だ。

「この身が主と仰《あお》ぐのは魔王陛下お一人だけでありますッ、どうか失言をお許しください」

「ではぼくらがお忍びで怪物見学に向かったことは、お前等の上官であるコンラートに報告せずにおけるのだろうな?」

「も、もーちろーんでーすとーも」

来日三カ月の留学生みたいな発音で、年長の男が請《う》け合った。

「陛下のお気の向かれるままに、どうぞこの場もお通りください！　ちなみに自分は陛下トトでも『ヴォルフラム閣下に押し切られる』に給料全額注ぎ込んでおりますッ」

「ちょっとそのっ、おれトトってのは何なんだよ?」

余計なことを言うなとばかりに、男は相棒に蹴り飛ばされた。


警備を誤魔化《ごまか》して入ってしまうと、迎賓棟《げいひんとう》は案外しんとしていた。

封鎖されて長いのか、空気が古く湿《しめ》っている。匂《にお》いといい冷気といい明るさといい、掃除《そうじ》していない冷蔵庫の奥みたいだ。

「迷いこんだ肉二つ……」

「おい、姿勢を低くしろ」

ダンジョン探索《たんさく》時の先頭キャラは、いきなり攻撃《こうげき》を喰《く》らう可能性が高い。なのにおれが前列配置ということは。

「おれって戦闘《せんとう》要員？」

「背後から敵が来たらどうするつもりだ」

そうだった。現実世界では不意打ちも卑怯《ひきょう》な手もありだ。

静まり返った通路の遠くから、微《かす》かな音が風に乗ってくる。リズム感に恵《めぐ》まれた赤ん坊《ぼう》が、床《ゆか》を枕《まくら》で叩《たた》くような音だ。

「なんだ？　この軽い足音みたいなの」

速さは心拍《しんぱく》の倍くらい。段々こちらに近づいてくる。おれは唯一《ゆいいつ》与《あた》えられている武器、喉笛《のどぶえ》一号をしゅぽんと抜《ぬ》いた。例によって、花とか出ちゃった。

「やっぱダンジョン最初のモンスターは、小さくて青くて可愛《かわい》いタマネギ型と相場が決まってんじゃねえ？」

「ばかユーリ！　伏《ふ》せろ、地面にへばりつけ！」

「うるさいなあ、バカって言ったやつがバカなんで……うひえ⁉」

コーナーを六速で駆《か》け抜けて正面から迫《せま》ってきた巨大《きょだい》な敵は、小さくも青くも可愛くもなかった。もちろん、スライム一族ではない。

「み、ミッキー!?」

の、手。

太くて丸い四本の指。ご存じM鼠《ねずみ》の白い手の部分が、人差し指と中指を足にしてつっ走ってくる。縦横共に何百倍かの拡大率で、ほとんど通路を塞《ふさ》いでいる。まさかミッキーが手だけだとは、おれも想像していなかった。H P《ヒットポイント》もやたらと高そうだ。

「ど、どーするヴォルフ……ってうわ、後ろからも!?」

おまけに仲間も喚《よ》びやがった。

パーティーメンバーの助言を得ようと振り返ると、背後からもミッキー（の手）が走ってきていた。ぽすぽすぽすぽすという軽やかなピッチ走法で、通路の天井《てんじょう》まで塞いでいる。

「これじゃ前門のコニシキ、後門の曙《あけぼの》状態じゃん！」

「突《つ》っ立ってるな！　伏せろ、伏せるんだユーリっ、張り紙に書いてあったろう!?」

立入禁止とはまさに言葉どおりの意味だったのか。

おれたちは咄嗟《とっさ》にしゃがみ込み、ミッキーズ（複数形）の股下《またした》を潜《くぐ》ろうとした。だが一瞬《いっしゅん》遅《おく》れたおれの顔面は、ミッキー一号の股間《こかん》に激突《げきとつ》してしまう。

「ぐは」

ビーチバレーで顔面サーブを決められたら、きっとこんな感じだろう。苦痛よりも衝撃《しょうげき》が先にきた。脳味噌《のうみそ》を強く揺《ゆ》さぶられ、記憶《きおく》が途切《とぎ》れそうになる。ヴォルフラムの呼ぶ声も、水中スピーカーを通したみたいにこもっている。

「だいじょ、ヴォル、ふ、うにょ」

石の床に倒《たお》れ込めるかと思ったのも束《つか》の間、おれたちはミッキーペアに挟《はさ》まれて、にっちもさっちもいかなくなってしまった。彼等は譲《ゆず》るという行為《こうい》を知らないらしく、互《たが》いにぐいぐいと押し合っている。がっぷり四つに組んだその姿は。

「うう……これぞミッキー相撲《ずもう》……」

西・ミッキ乃山、東・ミッキ道山。

四股名《しこな》をつけている場合ではない。待てよ、どっちかがカノジョ鼠（の手）だとしたら、これは取組《とりくみ》ではなくイチャツキか？　いずれにせよこのままの状態が長く続けば、我々貧弱な二人とも、窒息《ちっそく》してアウトになってしまう。ムッチリした白い皮膚《ひふ》に鼻と口を塞がれながらも、おれは必死で同行者に声をかけた。

「ヴォルフ、どう、ニカシテっ、下に逃《のが》れようっ。こいつらの腰《こし》の位置が上がった瞬間《しゅんかん》がチャンスだからっ、いちにのさん、で、身体《からだ》を、引っこ抜くぞ」

「わかっ、はなだ」

おにーちゃんのほうだね？　「判ったのだ」と言いたいらしい。

ふっと彼等の腰が高くなり、股下の空間が広まった。ひしゃげた鼻のせいで情けない掛《か》け声と共に、おれと三男は頭部を引きずりおろす。顔のパーツが全《すべ》て上に引っ張られるが、大きな蕪《かぶ》を収穫《しゅうかく》するみたいな音と同時に、頬肉《ほおにく》と呼吸が楽になる。

「良かった、抜け……」

だがしかし、今度は下方に行き過ぎだ。なんでいきなり地面がなくなってるの⁉

人生とは必ず両極端《りょうきょくたん》、ちょうどいいということがない。足の裏には石床が存在せず、引力の法則に従って移動中だった。てっとり早く言うと、落ちている！

「ひょーぅうぅー」

尾《お》を引く悲鳴だけを残して、おれたちは別の階層に落下した。

固い地面を予想して身体を丸めるが、着地点には奇妙《きみょう》な弾力《だんりょく》がある。二、三回軽く跳《は》ねてから、ようやく足場が安定した。尻《しり》と掌《てのひら》の下に広がるのは、ひんやりと吸い付くグミみたいな塊《かたまり》だった。

「……ヴォルフラム？　ヴォルフ、なあ大丈夫《だいじょうぶ》だったか？　どっか致命《ちめい》的な怪我《けが》ねぇか？」

「くそっ、顔をやられた」

「マジ⁉」

冷蔵庫内の照明程度の明るさの中を、連れの元まで膝《ひざ》で進んだ。あの綺麗《きれい》な顔に傷でもつけようものなら、賠償請求《ばいしょうせいきゅう》されても文句は言えない。美少年の価値が損《そこ》なわれたからと、結婚《けっこん》を迫られてもまた困る。

薄暗《うすぐら》い室内にも目が慣れてきて、フォンビーレフェルト卿《きょう》の被害状況《ひがいじょうきょう》も確認《かくにん》できた。

「なんだ、鼻がちょっと上向いただけのことだよ。お得意の魔動洗濯《まどうせんたく》バサミで摘《つま》んどきゃ、一日二日で元どおりだって」

「簡単に言うな。はにゃがひたひ」

八つ当たりのつもりなのか、ヴォルフラムは拳《こぶし》で床を叩いた。グミ状の生白い床面は、一拍《いっぱく》おいて震動《しんどう》を伝える。

おれたちは、何の上に座っているんだろう。

「なあ、なんかこれ、動いたぞ」

「動いただと？　まったくお前ときたら、ぼくの鼻よりも地面のほうが心配だなんて、婚約者《こんやくしゃ》としてあまりに薄情《はくじょう》だとは思わないのか」

おれのお約束フレーズだが、言い飽《あ》きているので半ば棒読み。

「だっておれたち男同士じゃーん、はともかく。こんなブヨついた床があるもんか。こりゃきっと布団部屋とか食糧《しょくりょう》貯蔵室とか……おおっ!?」

震度計の針が跳ね上がる勢いで、尻の下の白グミが揺れた。おれたちは猛《もう》スピードで曲線を滑《すべ》り降《お》り、今度こそ固い石に腰をうちつけた。丸い小山状だった存在が盛り上がり、いきなり身体を伸《の》ばし始めた。あれよあれよという間に、おれたちよりも高くなる。白グミ頑張《がんば》れとか旗振っている余裕《よゆう》もない。

「ぐ、グミどころか……」

目の前でいきり立っている生物は、人間よりも巨大なカブトムシの幼虫だった。乳白色の胴《どう》体《たい》に焦《こ》げ茶の鼻先、内側に短く寄った足らしきものが、不気味に細かく震《ふる》えている。芋虫《いもむし》ともダンゴムシともちょっと違《ちが》う、どのアングルで見ても「幼虫」だ。

口元から黄色い粘着《ねんちゃく》液を滴《したた》らせている。三時のおやつを発見した喜びの涎《よだれ》だろうか。

「なんじゃこりゃあ!?」

腹についた液を手で拭《ぬぐ》い、ひっくり返ったアルト声で、美少年は尻餅《しりもち》をついたまま後退《あとずさ》った。

超巨大《ちょうきょだい》カブトムシ幼虫とか、色違いパンダ模様の砂熊《すなくま》とか、イレギュラーな生物が苦手なようだ。

おれだって非常識なサイズの動物は得意ではないが、緊急《きんきゅう》警報が鳴り響《ひび》く脳味噌内の、ずっと端《はじ》っこの窓際《まどぎわ》席では、これがもしオオクワガタの幼虫だったら、どれくらいの値段がつくかを計算していた。しかも奇声《きせい》を発して立ち上がる虫どもは、全部で十匹《ぴき》程もいるのだ。

「すげえ……クワガタ天国……」

「うっとりしてるなユーリっ！　食われる、食われるぞーっ」

固まりかけのレモンゼリーをまき散らし、幼虫達はおれに向かって跳《と》びかかってきた。視界が乳白色だけになり、再び窒息地獄《ちっそくじごく》が始まった。

# 二日目

勝手知らない自分の城では、ナビゲーションシステムが必要だ。
人工衛星がないから無理だとしても、せめて詳《くわ》しい地図さえあれば、現在地も脱出路《だっしゅつろ》も把握《はあく》できたのに。

「混雑渋滞時《じゅうたいじ》の裏道抜《ぬ》け道もね」

求む、眞魔《しんま》国の伊能忠敬《いのうただたか》。

「居場所はちゃんと判《わか》るだろうが。ミッキーから逃《に》げてるうちに落下したのだから、ここは迎《げい》賓棟《ひんとう》の最下層に決まっている」

「そして環境《かんきょう》的にはモンスターの巣穴なー」

おれとヴォルフラムは部屋の隅《すみ》にうずくまり、壁《かべ》に寄り掛かって膝を抱《かか》えていた。緊張《きんちょう》の一晩をやり過ごし、頭上の穴からは朝の光が差し込んでいる。陰《かげ》になったすぐ脇《わき》には、うずたかく積まれた人骨の山が、燐《りん》の色に青白く光っていた。

念願叶《かな》って目標生物までは辿《たど》り着いたものの、怪物《かいぶつ》が怖《こわ》くてオールスターで寺原の球が捕《と》れるかーっという当初の勇ましさはどこへやら、おれたちは幼虫にのし掛かられ、文字にはできない悲鳴をあげてギブアップしていた。

奇声が脅《おど》しになったのか、はたまた保存食として干物《ひもの》にしようと決めたのか、連中はおれたちを即座《そくざ》には食おうとせずに、退路を断った状態で放置している。

「自分の城中でみっともなく遭難《そうなん》するとは、お前ときたら骨の髄《ずい》からへなちょこだなっ」

「……そーなんです……しかもおれ、くんかくんか嗅《か》がれた上、服の上からちうちう吸われちゃったよ……」

「それはぼくもだ」

ヴォルフも不快そうに眉《まゆ》を顰《ひそ》める。

「美味《うま》そうかどうか、確かめたんかな」

「さあな」

「あいつら立派な成虫になってから、成人式のパーティー料理がわりにおれたちを食うつもりかな」

「さあな」

「おれ今日からオードブル・ユーリって改名すっかな」

「やめろ」

ヴォルフラムが表面上は落ち着いているのは、夜半頃《ころ》から幼虫達が糸を吐《は》き、すっかり繭《まゆ》になってしまったからだ。白と茶と黄色の横縞《よこじま》の奇妙なカプセルは、大きさにしてワゴン車一台分は軽くあった。十二匹《ひき》分のそれが縦になり横になり、所狭《ところせま》しと転がっているのだ。ぼんやり体育座りのおれたちには、部屋の壁がどこにあるかも確認できない。

しかも繭の内部では、真っ赤な両眼《りょうめ》が輝《かがや》いていた。見張っているぞといわんばかりに、ビカっとこちらを向いている。

「ロッククライマーでもなけりゃ壁は登れないし、かといってこのまま待ってたら、あそこの皆《みな》さん同様になるだけだし」

クリスマスツリー天辺《てっぺん》の星よろしく骨山の頂上に置かれた頭蓋骨《ずがいこつ》は、今は空洞《くうどう》となった眼窩《がんか》から、哀《あわ》れみの視線を投げかけていた。髑髏《どくろ》に同情されるのは、幼稚園《ようちえん》時の肝試《きもだめ》しの夜以来だ。あのときはちょっとだけパンツを濡《ぬ》らしていたが、もう十六歳なので屁《へ》の河童《かっぱ》だ！

「威張《いば》ることか？」

「なんだよ。お前がコンラッドに報告するなとか念押しするから、一晩経《た》っても誰《だれ》も探しに来てくれないんだろ」

「ユーリが迎賓棟の怪物を倒《たお》すなんて言いださなければ、ぼくはこんな所に居なかった」

「いやその前にだなっ……よそ、きりがねぇや。敵がどんな生物なのか、事前にデータ集めなかったおれのミスだよ」

そう。どんなときでもデータと閃《ひらめ》きは重要だ。怪物退治なんて冒険《ぼうけん》にいきり立って、情報収集を怠《おこた》ったのは迂闊《うかつ》だった。繭の中でビカつくアンタレスは、忌《い》まわしく赤き二十四の瞳《ひとみ》だ。

「また大声出してみるかなあ」

「もう叫《さけ》ぶ言葉も尽《つ》きただろう」

暗唱している応援歌《おうえんか》は全《すべ》て歌い尽くしていた。宿敵ダイエーや大阪《おおさか》近鉄、六甲颪《ろっこうおろし》まで披露《ひろう》している。いい加減、喉《のど》もかすれてきて、水くれ水ーという状態だ。

「喉が渇《かわ》いた」

「ああくそっ、思い出さないようにしてたのにっ」

このまま干からびて保存食になるか、その前に脱繭《だつマユ》したオオクワガタに食われるか、残る一つは当初の目的どおり、動きが鈍《にぶ》いうちに奴等《やつら》を駆逐《くちく》するかだ。

「……もしかして……繭のうちなら……」

おれはゆらりと腰《こし》を上げ、喉笛一号を捻《ひね》って刃《は》を出した。手近なカプセルに歩み寄り、目を合わせないようにして少しだけ鋸挽《のこぎりび》いてみた。

三往復で刃が欠けた。

「……硬《かた》い」

「ユーリのすることには必ずオチがあるな」

余計なお世話だ。

縦になっている繭の上に立ち上がれば天井《てんじょう》の穴に届くのではないかと、中でも一番上背のありそうな三色縞々のカプセルにチャレンジする。

二十回とも滑り落ちた。

「……つるつる」

「見るからに」

「あーもうヴォルフっ！　ぼんやり座ってるだけじゃなくて、何か画期的なこと考えろよ！　お前、助かりたくねーの？　このままここで死んでもいいのか⁉」

「死ぬ前にこれに署名しろ」

上着の内ポケットから、薄緑色《うすみどりいろ》の折り畳《たた》んだ紙と彼愛用のペンを出す。おれの未熟な国語力では読解不能な文章群。しかし文頭に大文字で書かれた短い単語なら理解できるぞ。

「婚《こん》、姻《いん》、届、って……い、生きるか死ぬかの瀬戸際《せとぎわ》だってのに」

「それが問題なんだ」

ばからしさに全身の力が抜けて、へにょりと床《ゆか》に崩《くず》れ込む。相変わらず部屋の殆《ほとん》どは繭が占拠《せんきょ》していて、座る場所さえ満足にない。最初のうちはなるべくモンスター達から離《はな》れようと、両足を身体《からだ》に引き寄せていた。だが人間の神経というのは不思議なもので、どんな状況《じょうきょう》にも順応してしまう。半日も繭のままで進展がないと、この環境にも慣れてきて、白、茶、黄、と三色のカプセルに平然と寄り掛《か》かれるようになってきた。だってどうせ重くて動きやしないんだし、表面は滑《なめ》らかで冷たくて、意外に触《さわ》り心地も良かったし。

それに縮こまって怯《おび》え続けるのは、もういい加減に疲《つか》れてしまったのだ。

他《ほか》にすることもなくなって、相方と理不尽《りふじん》しりとりをし始めた。ごく普通《ふつう》にゲームをしていても、おれは野球用語ばかり並べるし、返ってくるのは聞いたこともないような動物名ばかりなので、結果的には相互《そうご》理解は不可能という理不尽な遊びになってしまう。

「ベースランニング」

「グジボキゴドラ」

「ライオンズエキスプレス」

「スグバニヤコッポ」

「ぽ？　それどういう動物よ。ぽ、えーとポテンヒッ……ちょっと待て、この繭かすかに震《ふる》えてるぞ」

背中を預けているカプセルから、空気の漏《も》れる音が聞こえてきた。慌《あわ》てて正面に回り込むと、赤い二つの光がはっきりと明滅《めいめつ》している。

「ピンチなんだ。カラータイマーが点滅《てんめつ》してる。ああここ、穴が空いてるよ！　っかしーな、さっき切ろうとしたやつは傷も残らなかったのになぁ。なあ、何か穴塞《あなふさ》げるような物持ってないか？　粘土《ねんど》とかガムとか、米粒《こめつぶ》とか」

ヴォルフラムは素《す》っ頓狂《とんきょう》な声を上げ、わざとらしく自分の耳に手を当てた。

「はあ!?　ぼくの聞き間違《まちが》いだろうな、まさかその繭の中身を助けるはずがないものな」

「聞き間違えてねーよ、この穴塞いでやろうぜって言ったの」

「何のために⁉　お前はこいつらを退治するためにわざわざ迎賓棟まで来たんだろう？　ところが計画は失敗して、自分達が危機に陥《おちい》ってるんだぞ。敵は一匹《ぴき》でも少ないほうがいいだろうが。助かる可能性が高くなる」

「けどなっ」

　認めたくはないが今回に限っては、どう考えてもわがままプーの意見が正しい。おれたちが成人記念のオードブルにされることなく、生きてこの部屋を出るためには、硬い繭《まゆ》から出た瞬《しゅん》間《かん》の虫（？）達を要領よく始末していくしかない。どんな成虫が這《は》いずり出てくるか判《わか》らない以上、一匹でも減らしておくのが得策だ。

　百匹よりは九十匹、十二匹よりは十一匹……。

「えーい十二匹が十一匹になったところで、こっちの不利は変わりゃしねーよっ！　今のうちに一匹でも減らしておこうなんて、みみっちい作戦に走りたくないんだよっ。だってせっかく繭にまでなったのに、こいつだけ成人できないなんて不公平だろ？　いやそりゃどんな虫かは不明だけどさ、もしかして空をブンブン飛んだり、遠い国まで旅する種族かもしんねーだろ」

　頭の奥底の知能指数の高い部分では、そりゃないだろうと解ってはいる。感情論で事を運ぶと、必ずと言っていいほど失敗する。中学野球を断念することになったのも、理性よりも感情に従って動いたせいだ。

　それでも。

「こいつ一匹だけ青い空も飛べなけりゃ遠い世界を見られないなんて寂《さび》しすぎるよ。自然界の掟《おきて》ってそういうもんかもしれないけど、今ここで誰かが少しだけ手ぇ貸してやれば、どうにかなるかもしれないじゃんか。だったらおれが手を貸すよ！　なんだこんな穴、十円ハゲを隠《かく》すようなもんだろが」

撒《ま》き散らされたままの黄色い粘液《ねんえき》を掬《すく》い、硬化《こうか》一枚分の破損箇所《かしょ》に塗《ぬ》ってみる。数秒間は膜《まく》を張るのだが、すぐに流れて落ちてしまう。瞳の光は徐々《じょじょ》に弱くなり、繭の震動《しんどう》も途切《とぎ》れがちだ。

「おい、なあ、もうちょいしっかり頑張《がんば》れってば。オードブルの顔も見ずに死んじゃったら、あの世でも一生後悔《こうかい》するぜ？」

おれの指先を見ていたヴォルフラムが、どこかで聞いたことのあるような、長く呆《あき》れた溜息《ためいき》をついた。

「お前みたいなへなちょこには会ったことがない」

「へなちょこ言うな」

「でも……」

先の言葉は飲み込むことに決めたらしい。

彼は手にした紙を何枚かに破り、粘液をしっかりと含《ふく》ませてから繭に貼《は》り付けた。丁寧《ていねい》に間の気泡《きほう》を抜《ぬ》いて、重ねて同じ作業をする。やがて穴はしっかりと埋《う》まり、空気の漏れもなくなった。

「やった、カラータイマーも元気になりつつあるぞ！　機転が利《き》くなヴォルフラム……でもなんで急に……？」

「へなちょこにも五分の魂《たましい》とか言うからな」

「言わねーよ」

別の方向に視線をやって、二人して照れ笑いを隠す。

カプセルの外殻《がいかく》を拳《こぶし》で五回ノックして、無事に出てこいよと語りかける。連中がどんな種族かは不明だが、恩を仇《あだ》で返すとは限らないじゃないか。

# 三日目

睡眠《すいみん》不足も空腹も辛《つら》かったが、それより何より喉の渇きがピークに達していた。

「一昨日《おととい》の午後から一滴《いってき》も飲んでねえよなあ」

「その掠《かす》れ声。聞くと余計に渇く気がするな」

「でも喋《しゃべ》ってないとなんか、生きてるか死んでるかわっかんねーんだもん」

眼前の石床の窪《くぼ》みには、奴等の垂らした液体レモンゼリーが残っている。粘着《ねんちゃく》性が高いために、なかなか乾燥《かんそう》しないのだ。確かに水分には違《ちが》いないのだが。

「……なあ、あれと自分の尿《にょう》とだったら、どっち飲む？」

「冷やした発泡葡萄酒《はつぽうぶどうしゅ》が飲みたい」

「いや、だからあの黄色いのと自分の黄色いのと」

「氷で割った大麦蒸留酒もいいな」

「……色的には尿派ってわけね、お前は」

こんな危機的状況に陥らなくとも、健康法の一環《いっかん》として実行している皆様《みなさま》がいるのだから、身体に悪いわけはないだろう。ここはひとつ思い切って挑戦《ちょうせん》して、男前度を上げておくというのはどうだろうか。人生、何事も経験だ。

「あー、でももう汗《あせ》の一滴も出ませんや」

時既《すで》に遅《おそ》し。幸いなことに好機を逸《いっ》してしまったようだ。

繭内の進行状況は順調らしく、一時間くらい前から小さな音が聞こえていた。内部から嘴《くちばし》で卵の殻《から》を叩《たた》くのは、朱鷺《とき》の雛《ひな》の話だし……。

「繭の場合もハシウチとか言うのかな」

「橋内って誰《だれ》ダー、男カー？」

ヴォルフラムもかなり壊《こわ》れている。

「陛下」

どうやら脱水《だっすい》状態のあまり、耳までおかしくなってきたようだ。懐《なつ》かしい声が聞こえるよ。

「陛下、そこにいますー？」

「これ幻聴《げんちょう》？」

「う。ウワギノソデグチ」壊れきっている。

頭上で騒々《そうぞう》しい気配があって、何組もの足音が行き交《か》った。

「良かった！　陛下、巣穴に落ちてたんですね。深刻な怪我《けが》はありますか」

「コンラッド⁉　ほんとにコンラッド⁉　マジもん⁉　パチもんじゃない⁉」

「俺のパチもんてどういうのだろ」

十メートルくらい上方から、ウェラー卿《きょう》が覗《のぞ》き込んでいた。いつもと変わらぬ爽《さわ》やかな笑顔を向けられると、大したことではないような気分になる。モンスターの蠢《うごめ》く巣穴で二晩過ごしたのも、馬小屋に泊《と》まった程度の出来事みたいに感じられる。

「すみません。もっと早く見つけられれば良かったんですが、何故《なぜ》か情報が錯綜《さくそう》して。二人一《いっ》緒《しょ》に消えるから、半狂乱《はんきょうらん》のギュンターは駆《か》け落ちだの逃避行《とうひこう》だのと泣き叫《さけ》ぶし。周囲も認める婚約者《こんやくしゃ》なんだから、駆け落ちする必要はまったくないのに……陛下？　どこか痛みます？」

「だ、大丈夫《だいじょうぶ》、喉《のど》が渇《かわ》いて腹が減ってるだけ」

水分が足りないから、涙《なみだ》の流れる心配もない。

「早く綱《つな》を下ろせ！　事態は一刻を争う」

急に元気を取り戻《もど》したヴォルフラムが、頭上を仰《あお》ぎ見て大声で言った。

「生まれそうなんだ！」

「え、ヴォルフまさか」

ウェラー卿、捨て身のボケ。

「違う、生まれそうなのはぼくじゃない！　残念ながらユーリでもないぞ。何故ならぼくらは男同士だからなッ！　この虫が、今にも出てきそうだ。もうヒビの入っている繭もある」

コンラッドの唇《くちびる》が困ったなと動いた。とりあえずおれたちは大ピンチなので、早く梯子《はしご》を降ろして欲しい。覗き込んでいる他《ほか》の男達も、一様に眉《まゆ》を寄せて困った顔だ。

「陛下、お願いがあるんですが」

「判《わか》ったちゃんと後で聞くから。あっもしかして交換《こうかん》条件なのか⁉　あんたに限ってそんな卑《ひ》怯《きょう》なことしないよなっ？」

「そうじゃなくて。水と食糧《しょくりょう》は差し入れますから、彼等が繭から出てくるまで、あと少しそこで頑張ってくれませんか」

「ああ、水と食べ物を貰《もら》えるんならあと少しくらい別に……って、えーっ⁉　なんでおれが」

「彼等は非常に繊細《せんさい》な種族なんです。特に巣立ちの瞬間は大切なので、できれば補助してほしいんです」

あれが⁉　あの超巨大《ちょうきょだい》幼虫が繊細な種族だって⁉

「だっておれとヴォルフに乗っかって、嗅《か》いだり吸ったりしたんだぜ⁉」

「それは凄《すご》い、理想的だ」

「はあ⁉　この若さで食われて死にたくな……」

「出てきたぞーっ！」

覗き込んでいた男達のうちの一人が、興奮した声でそう叫んだ。ぎょっとして振《ふ》り返ると、二、三個奥の繭が大きく割れて、茶色い物体がのそりと起き上がる。おれもヴォルフラムも絶句して、中途半端《ちゅうとはんぱ》に上げた指を止めてしまった。

「こ、これは……」

「陛下、ヴォルフ、急いでこれを被《かぶ》って」

投げられた物を咄嗟《とっさ》に受け取ると、赤茶の毛糸で編まれたキャップだった。裏にはタグまで付けてある。マイド・イン・グヴェンダル。

「……まいどー」

グヴェンダル産という表現からして間違《まちが》っているが、そんなことを指摘《してき》しても仕方がない。頭からすっぽりと被ってみると、両側に耳が着いていた。

「く、くまみみ？」

十数メートル上からは、可愛《かわい》いコールがわき起こった。やめてくれ。おれなんかよりも三男坊《ぼう》のほうが百倍似合っている。これこそ正統派美少年。

ぼがんという重い破裂音《はれつおん》と共に、また一つ未確認《みかくにん》生物の繭が割れた。上からは驚愕《きょうがく》の超可愛いコール。

「クマハチ超カワイイーっ！」

「あーんクマハチ、かーわーいーいーィ」

クマハチ？　熊《くま》さん八っつぁん与太郎《よたろう》ご隠居《いんきょ》さん、のクマハチではない。耳つきキャップ着用済みの二人の前に立ったのは、上半身と手足はぬいぐるみの熊、触覚《しょっかく》と腹部は黄色と黒で蜜《みつ》蜂《ばち》そっくりという、世にも奇妙《きみょう》な生物だった。本物の……いやこいつだって本物なんだろうけど……山にいるツキノワグマくらいのガタイを持ち、背中にはなんと、透明《とうめい》な昆虫《こんちゅう》の羽根を持っている。飛べるのだろうか、あの薄《うす》い羽根で。

「……………」

言葉もないおれたちの前に歩み寄り、クマハチは右腕《みぎうで》を大きく振りかぶった。

食われるッ！　ヒグマに狩《か》られる鮭《さけ》の気持ちとシンクロしかけるが、相手はおれもヴォルフラムも襲《おそ》おうとはしなかった。インディアン嘘《うそ》つかないのポーズになって、つぶらな瞳《ひとみ》を潤《うる》ませる。

「ノギスっ」

「へ？」

ノギスは──……技術準備室じゃないからここには置いてないけど。ていうかそれって、鳴き声かよ⁉

「の、のぎすの墓、とか」

駄洒落《だじゃれ》で勘弁《かんべん》してもらえるだろうか。

クマハチ一号はばりんばりんと他の繭《まゆ》を踏《ふ》みながら、天井穴《てんじょう》の真下まで歩いて行った。そしてもう一度名残惜《なごりお》しげに振り返ると、両手を天に向けて飛び立った。さすがに「じゅわっ」とは言わなかったが。見学者の間に拍手《はくしゅ》が巻き起こり、たちまちやんやの喝采《かっさい》となる。中には感《かん》極《きわ》まって涙を流し、鼻水をぶらさげる者までいた。

そうこうしているうちに繭はどんどん割れて、次々とクマハチ三号四号が挨拶《あいさつ》に来た。

クマハチ八号が決めポーズをとる頃《ころ》になると、おれたちもすっかり環境《かんきょう》に順応して、笑って
「おはようノギス」

「いってらっしゃいノギス」

などと言葉を掛《か》けてやれるようになった。

最後まで残ってしまったのは、あの救急救命措置《そち》を受けた繭だった。控《ひか》えめな音でカプセルが割れて、クマハチ十二号店が顔を出す。

「おおーっ！」

ギャラリーからは歓声《かんせい》が沸《わ》き起こり、皆《みな》口々に囁《ささや》き合った。

「女王クマハチだ」

「女王クマハチだよこの目で直《じか》に見られるとは」

「なんて優雅《ゆうが》な模様だろうねえ、ああー長生きはするもんだ」

おれの美的感覚で表現すると、端切《はぎれ》で作ったテディベアにしか見えないんですけど。しかもオールピンク系のパッチワーク。

女王クマハチはしずしずとこちらに来ると、ゆっくりと腕《うで》を上げてこう言った。

「ありがとうノキス」

「うん？　ああ、どういたしましてノギス！」

それからおれとヴォルフラムを思いきり押し倒《たお》し、濡《ぬ》れた鼻を擦《こす》りつけて飛び立っていった。

黄色と黒の縞々《しましま》があれほど似合うのは、工事現場か彼女のお尻《しり》くらいのものだろう。セクシーな腰《こし》のくびれ辺りに。

「あー婚姻届《こんいんとどけ》が貼《は》り付いてるよ」


ふらつきながら梯子を登り切り、やっと上の階層に戻《もど》ることができた。脱水症状《だっすいしょうじょう》と立ち眩《くら》みで、しばらく座《すわ》っていなければならなかったが、その他《ほか》は概《おおむ》ね良好で渡《わた》されたドリンクの味もきちんと判《わか》った。

「はあ……しかし食われなくてよかったよ」

「クマハチは肉食じゃありませんよ」

「だって部屋の隅《すみ》に人骨が……あれー?」

穴の縁《ふち》から見下ろすと、髑髏《どくろ》が繭の残骸《ざんがい》に抱《だ》き付いている。

「あれは瀕死《ひんし》の骨飛族《こっひぞく》です。クマハチの繭はカルシウムが豊富なので、ああしてエネルギーを補給してるんですよ」

「うっわ……ちょっと見、地獄《じごく》絵図だな」

ジョッキ一杯《いっぱい》飲み干したヴォルフラムが、低く唸《うな》って壁《かべ》に寄り掛かった。

「まさか迎賓棟《げいひんとう》に棲《す》みついていたのが、あの幻《まぼろし》のクマハチだったとは」

「幻なの?」

「血盟城にクマハチが産卵したと知って、俺も最初は驚《おどろ》きました。絶滅《ぜつめつ》したとも言われる種族ですからね。だから密猟者《みつりょうしゃ》やコレクターといった良からぬ輩《やから》に狙《ねら》われないように、怪物《かいぶつ》ということにしてたんです。ところが産卵してすぐに、親が息絶えてしまったようで」

ああそれでおれたちを親と間違えて、嗅《か》いだり吸い付いたりしてたんだ。幼虫には視力がなくて幸いだった。ばれたら確実に窒息死《ちっそくし》だ。

王様と元王子に礼を述べ去ってゆく研究者達を見送ってから、ウェラー卿《きょう》はおれの肩《かた》に鼻をくっつけた。

「やっぱり」

「何だよ」

「決め手は匂《にお》いだったんだ。ドゥボス産の顔料を使ったでしょう、あの恐《おそ》ろしく臭《にお》うやつ」

「確かにヴォルフが使ったよ。まさか、さる動物の排泄物《はいせつぶつ》って……」

「大人のクマハチの糞《ふん》からは、鉱物に似た成分が抽出《ちゅうしゅつ》されるんです。今では滅多《めった》に手に入らない最高級品ですよ。しかし陛下とヴォルフのお陰《かげ》で、新しい女王クマハチも生まれたことだし、完全な絶滅は免れるでしょうから、来年からは我が国でも作れるかもしれません」

聞き捨てならない単語を耳にして、おれは慌《あわ》てて確かめる。

「来年も来るの!?」

「え、それは当然。何カ所か気候のいい土地を巡《めぐ》った後、一年後には同じ場所に戻って卵を産むんです。特にこの城には両親がいると信じてるから、あの女王は必ず戻るはずだ」

「両親ー?」

責めようのない善人スマイルを引っ込めて、コンラッドはおれと弟を交互《こうご》に指差した。

「どっちがどっちと思われてるかは知らないけど」

眞魔国・クマハチの父。

眞魔国・クマハチの母。

「え」

途端《とたん》に、パッチワークでできたテディベアやら、あみぐるみのクマちゃんやらが、昆虫特有の透明な羽根をつけてラインダンスを踊《おど》る映像が浮《う》かんでしまった。もちろん中央でダチョウの羽根とか飾《かざ》っているのは、フォンビーレフェルト卿ヴォルフラムと、このおれだ。

「ええーッ!?」

「なんだユーリ、お前また血の繋《つな》がらない子供をつくったのか。これだからお前は尻軽《しりがる》だというんだッ」

「うるさい、お前だって父か母どっちかにされてるんだぞ!?　けどクマハチの母とウルトラの母ってどっちが偉《えら》いのかな。宇宙を守ってる分、ウルトラかな……」

こうしてユーリとヴォルフラムは、要保護希少動物で天然記念物のクマハチたちの、心の両親になったトサ。

「だからってお前がおれの部屋に住んでいいってことにはならないんだぞ!? おれと偽《いつわ》って信楽焼のタヌキを描《か》くのはやめろ。しかも胸を勝手にBカップにするのはヤメローっ」

年甲斐《としがい》もなく頰《ほお》をほんのりと紅潮させながら、フォンクライスト卿は夢見るみたいに目を細めた。主がクマハチたちと戯《たわむ》れる様を、自分勝手に想像しているのだろう。

「ああ。陛下とあの抱いて寝《ね》たい珍獣《ちんじゆう》投票第一位のクマハチたち。この世のものとは思えないくらいに可愛《かわい》らしい光景ですね……」

「確かに。確かにいかにも愛らしいですけれどもっ」

心の底から共感しているという素振《そぶ》りを見せて、編集者は卓上《たくじよう》に身を乗り出した。ギュンターが話している間中、所々大きく頷《うなず》いて絶妙なタイミングで相づちを打ち、興味深く最後まで聞き続けたのだ。

「そんな心温まる逸話《いつわ》を書かれたら、ただでさえ美少年や愛玩《あいがん》系動物に弱いご婦人方が身悶《みもだ》えして喜んじゃうこと請《う》け合いですけれども。女性達の間でクマハチ熱狂《ねつきよう》流行が起こることは間《ま》違《ちが》いありません！　ただですね」

「ただ？」

バドウィックの最後の一言で、ギュンターはひょいと現実に引き戻された。

夕焼け空に消えていく女王クマハチの後ろ姿と、自覚のない涙《なみだ》をにじませるユーリの横顔などを、妄想五割増《もうそう》で思い描《えが》いていたのだ。あと少しでスタッフロールが流れ出すところだった。

「可愛い描写満載《びょうしゃまんさい》のお話もイヤサレルとかココロアラワレルとかで喜ばれるとは思うのですけれども。でもでもですね、他にも求められているものがあるような気がするのです」

「愛らしさではなくてですか？」

「そうですとも。この国に住む多くのご婦人方は同じ事の繰《く》り返しである日常生活に少々飽《あ》きているのではないかと、我々業界人は考えているわけなのです」

バドウィックは小振《こぶ》りな両手を握《にぎ》りしめ、女性の仕草で口元に当てた。

「平和で安定した日々それこそが何よりの幸せだと判ってはいるのよ。でもね最近、朝起きると隣《となり》に寝てる夫の顔を見て、ああこの人もおじさんになったなーって思うときがあるの。そうそう、あたしの彼氏もそんな感じー、昔はこんな人じゃなかったはずなのに」

あろうことか会話調。口を挟《はさ》むこともできなくて、ギュンターは雰囲気《ふんいき》に飲み込まれていた。

「出会った頃《ころ》のときめきが感じられないのよねー、そうそうときめきが無いのよねー。こんなつまんない日が永遠に続くかと思うとついついいけない想像もしちゃうわよね。なんていうの？　今までになかった刺激《しげき》とか。そうよそれ刺激、刺激が足りないのよ。命を懸《か》けた燃えるような恋愛《れんあい》とか、一生に一度でいいからしてみたかったわー。そうよねー情熱的で危険な相手との恋愛とかねえ、娘《むすめ》時代に戯曲《ぎきょく》で見たような悲恋《ひれん》なんか、空想の中ででもしてみたいもんだわー……というようにですけれども」

一人舞台《ぶたい》から敏腕《びんわん》編集者に早戻りし、山羊革《やぎがわ》の表紙を掌《てのひら》で軽く叩《たた》いた。

「ありふれた日常生活では叶《かな》わぬ刺激的な体験を、せめて小説の中では味わいたいと。平々凡々《へいへいぼんぼん》とした冴《さ》えない伴侶《はんりょ》ではなく、もっと危険で美形の相手と恋《こい》に落ちたり、極端《きょくたん》なはなし自分がもてもてだったなら、どんな気持ちになるものだろうと。そういう快楽を疑似体験させてこそ女性読者の支持を得ることができるのではないかと、わたしども眞魔国中央文学館は考えているわけなのですけれどもっ」

「……危険で美形で刺激的で情熱的な相手と、命を懸けた燃えるような恋愛をすると、どんな気持ちになるのだろう……ですか……まさかそれを、この私《わたくし》に書けと!?　ちょっと待ってください、私ツェリ様ではないのですよ？　日記にそんなもてもてな部分など……」

「正直言って筋立てはありふれたもので構わないのですよいえ古典的でお約束な展開で充分《じゅうぶん》なんです。ただこう人物の性格や言動にどれだけ読者が感情移入できるかという点なのですけれども」

営業上の武器とは見破れないほど巧妙《こうみょう》に、バドウィックは瞳《ひとみ》をきらめかせた。子供におねだりされているような気分になってしまい、ギュンターはやむなく記憶《きおく》の棚《たな》をさぐり始める。

「……古典的でお約束の展開で、危険な美形との情熱的な恋愛……私の日記にそのような記載《きさい》があったでしょうか……危険な美形、命がけ……おおっ！」

脳内の検索《けんさく》が終了《しゅうりょう》し、全項目一致《ぜんこうもくいっち》の候補がはじきだされた。作家直前の教育係は膝《ひざ》を打ち、勢いよく立って背後の書棚《しょだな》を探しだす。

「ありました、ありました！　些《いささ》か古い話にはなりますが、うってつけの逸話がございます。十年以上も前のことなので、日記の体裁も今とはまったく異なりますが……」

なにしろ全項目一致なのだ。少々古くても仕方がない。

# ロメロとアルジェント

雄壮《ゆうそう》な戦記物や、魔族《まぞく》の栄華《えいが》を記した歴史的記述の多い我が国の古典文学ですが、中には男女を問わず感動を呼ぶような、眞魔《しんま》国三大悲劇と称《しょう》される作品もあるのです。

この事件……いえ衝撃《しょうげき》的な出来事では、三大悲劇の中でも最も恐《おそ》ろしいと評価される、男女の恋物語《こいものがたり》が重要な役割を担《にな》っています。

よい子の皆《みな》さんは決して真似《まね》をしないでください。

時として友情というものは、我が身を滅《ほろ》ぼす恐れもあるのですね。それでも一方的に逃《に》げることはできない。相手が友達だと信じているうちは……。

あ、私、鳥肌《とりはだ》が立ってしまいました。

見わたせば松の末ごとにすむ鶴は
千代の友とぞおもふべらなる

青い海と白い砂浜《すなはま》。

眞魔国一の美しい景観を持つカーベルニコフ地方は、領主の数字好きにも助けられて、莫大《ばくだい》な観光収入を誇《ほこ》っている。

この地を治めるフォンカーベルニコフ卿《きょう》デンシャムは、魔族の成人男子としては小柄《こがら》な体格だった。そのため全国民代表貴族会議などに招聘《しょうへい》され、王都の血盟城に集まるときなど、必ず一番前に座《すわ》らされる。ちびっこ席なので絶対に居眠《いねむ》りはできない。

母方の遺伝である燃えるような赤毛と、少々腫《は》れぼったい水色の瞳。国家と儲《もう》け話と利益を愛し、より困難な財政再建にこそ燃える男。犬よりも猫《ねこ》よりも鳥類を愛し、膝にはいつもニワトリを載《の》せている。現在彼の寵愛《ちょうあい》を受けているのは、白と焦《こ》げ茶の斑《まだら》の雄鶏《おんどり》だ。切り揃《そろ》えた爪《つめ》先《さき》で背中を掻《か》いてもらい、うっとりと両眼《りょうめ》を閉じていた。

「デンシャム！」

部屋の主がそちらを向くよりも早く、昼下がりの長閑《のどか》な雰囲気をうち破って、フォンカーベルニコフ卿アニシナが入ってきた。お世辞にも淑女《しゅくじょ》とは言えないような、勇ましくけたたましい足取りだ。

ものですね」

「デンシャム！　わたくしに一言の断りもなく、よくもあのような恥知《はじし》らずな真似ができた

「何のことだい妹？　お前があんまり騒々《そうぞう》しいから、ミンチーが怯《おび》えてるじゃないかぁ」

彼のペットの名前はいつでもミンチー、この雄鶏で十九代目だ。

「とぼけても無駄《むだ》です！　母上が口を割りましたよ」

口を割るとは物騒《ぶっそう》だ。細い腰《こし》に両手を当てていつにも増してきつい表情で、アニシナは水色の瞳を吊《つ》り上げた。普段《ふだん》から妖艶《ようえん》さや可憐《かれん》さとは縁《えん》のない逆方向の美人なので、怒《おこ》るといっそう凄《すご》みがある。

「わたくしを結婚《けっこん》させようと画策していているらしいですね」

「やだなぁ気が早いよ妹ぉ。結婚じゃなくて婚約《こんやく》だよ婚約ぅ」

「どちらでも同じようなものです！　わたくしがいつ結婚したいなどと戯《たわ》けたことを言いましたか。常日頃《つねひごろ》公言しているように、わたくしの才能と献身《けんしん》は魔族の繁栄《はんえい》のために使ってこそ生きるのです。そこらの下らない男のために割《さ》く時間など、生憎《あいにく》持ち合わせておりません。そもそも知恵《ちえ》もなく野蛮《やばん》なばかりの男どもなどに、我々崇高《すうこう》な存在である女性を選んだり尽《つ》くさせたりする権利はありません。そんなに伴侶が欲しいのなら、男どもこそ一列に並んで選ばれるのを待つべきなのです」

えらく偏《かたよ》った思想だが、突《つ》っ込める者は誰《だれ》一人としていない。

「やだなぁ妹ぉ。ぼかぁきみに婚家《こんけ》で夫に尽くせなんて求めてないよぉ。ただね、きみがロシュフォールの次男に嫁《とつ》いだ場合……」

デンシャムの視線が波を描《えが》いて宙を漂《ただよ》い、食指が計算尺を弾《はじ》くように細かく動いた。口元には怪《あや》しい笑《え》みが浮《う》かんでいる。捕《と》らぬ狸《たぬき》の皮算用モードへと脳内のスイッチが切り替《か》わったのだ。

「向こうで研究しようが実験しようが、例の生涯《しょうがい》事業に没頭《ぼっとう》しようが、五年間の婚姻《こんいん》を継続《けいぞく》すれば、ロシュフォール銀山採掘《さいくつ》権の六分の一は自動的にきみのものになるんだよぉ。きみが先方と決裂《けつれつ》して戻《もど》ってきてくれれば、観光収入が主だった我がフォンカーベルニコフ家にも、堅《けん》実《じつ》な財源がもたらされるんだよねぇ」

「なんとまあ、今時滅多《めった》にない典型的な政略結婚ですか！　呆《あき》れた、こんな浅知恵男が実の兄だとは。嘆《なげ》くよりも先に笑ってしまいますねっ。おは、おはははは、おはははは、おははははは」

「なんだ楽しそうで良かったよぉ。兄も思わず笑ってしまう。おははおはは、おはははは」

兄妹揃って珍妙《ちんみょう》な笑い声。髪《かみ》と瞳の色同様、遺伝子のもたらす数少ない共通点だ。

「それにしてもフォンロシュフォール家とは！　悪名高き残虐王《ざんぎゃくおう》の血筋ではないですか」

「おははは。なんだったらロベルスキー当主の甥《おい》っ子でもいいよぉ。あそこの漁業権と札差制度は貴族にとっては永遠の魅力《みりょく》だもんねぇ」

鶏冠《とさか》の先をいじられて、ミンチーが迷惑《めいわく》そうに首を振《ふ》る。

「愚《おろ》かで低俗《ていぞく》な思想だこと！ そんなに財を求めるのなら、わたくしではなく貴方《あなた》がよそへと輿《こし》入れし、家ごと乗っ取ってくればいいではないですか」

「いや、ぼかぁ駄目《だめ》だよ妹ぉ。きみと違《ちが》って外見に恵《めぐ》まれてないしぃ、殿方《とのがた》に好かれる容貌《ようぼう》じゃないからねぇ」

誰《だれ》も男と結婚しろとは言っていない。

「なにせきみは黙《だま》ってさえいれば、ほとんどの男を騙《だま》せるくらいの美人だからねぇ。まあグウエンダルみたいに実体を知っちゃってたら、なかなか惚《ほ》れられはしないだろうけ……うほは、ミンチー、どどどどうしたぁ!?」

デンシャムの狭《せま》い膝の上で、雄鶏が狂《くる》ったように跳《は》ね出した。頸部《けいぶ》をリズミカルに上下させ飼い主の腕《うで》や腹を突きまくる。

フォンカーベルニコフ血統特有の奇妙《きみよう》な笑いから、背筋も凍《こお》る冷笑《れいしょう》へと表情を変えたアニシナは、小指ほどの太さの筒《つつ》をくわえていた。先頃《さきごろ》発明したばかりの魔調和音鳥笛だ。人の耳には聞こえない周波数の音波を発し、鳥類の感情を左右する。だが唯一《ゆいいつ》の欠点はといえば、怒《おこ》らせることしかできないところだ。吹《ふ》けば吹くほどターゲットは怒《いか》り狂う。闘鶏場《とうけいじょう》でしか役に立つまいと諦《あきら》めていたが、意外な使い道があったものだ。

「よよよよすんだミンチーぃ！ 痛い痛い痛いじゃないかぁ！ あああんでもぼかぁそんな勇ましい鳥《きみ》も好きだぁー」

「そこでわたくしは考えたのです」

「ぐ……」

父から引き継《つ》いだ領内の雑事に追われ、一日中馬を走らせていたフォンヴォルテール卿は、疲《つか》れ切って戻った自室の扉《とびら》を、祈《いの》りと共にもう一度閉じてみた。

恐る恐る、再び開く。

「なんですか、開けたり閉めたりと落ち着きのない」

やっぱりいる。

どう見てもいる。何度見てもいる。机の抽斗《ひきだし》からはみだしている。

もっと正確に描写《びょうしゃ》すると、グウェンダルの私室の机から、彼の幼馴染《おさななじ》みにして編み物の師匠《ししょう》、眞魔国三大魔女《まじょ》と称《たた》えられつつも一方では赤い悪魔《あくま》と恐れられる女、フォンカーベルニコフ卿アニシナがはみだして居るのだ。

「……どうして抽斗から上半身だけ出ているんだ」

「久々に会った編み仕事の師に対して、挨拶《あいさつ》の言葉もかけられないとは！」

自らの非礼を棚《たな》に上げて、嘆かわしいとばかりに両肩《りょうかた》を竦《すく》める。

グウェンダルにしてみれば「今晩は」どころではない。一体どうやって他人の部屋に侵入《しんにゅう》して来た⁉　しかも馬でもかなりかかる道のりを、カーベルニコフ地方からどのようにしてやって来たというのだ⁉

「来訪者の報告はなかったぞ。城内のどこの門衛からもだ。お前の馬車を見た者もなければ、例の怪しい魔動凧《まどうたこ》も飛んでいなかった」

「よっこらしょ、と」

年齢相応《ねんれいそうおう》の掛《か》け声で、アニシナは床《ゆか》に降り立った。ちょっとした書き物をする程度の机なので、そうそう大きいわけではない。いくら彼女が小柄でも、あの薄《うす》い箱に入るのは難しい。

ということは抽斗の奥底に、何らかの仕掛《しか》けが施《ほどこ》されているのだろうか。

「空間移動筒《つつ》路を結んだのです。わたくしの衣装棚《いしょうだな》とこの部屋の机の間に。これでカーベルニコフ城からヴォルテール城まで、あっという間に移動できます」

「待て、そんなことが容易《たやす》くできるはずが……」

「もちろん凡庸《ぼんよう》な研究者には一生かかっても為《な》し得ない技術でしょう！　このわたくしでさえ発明に半年かかり、実現まで一年を要しているのですからね。ああ詳《くわ》しい理論を説明する気は毛頭ありません。あなたの理解の範疇《はんちゅう》を超えていますとも」

昨日まではごく普通《ふつう》の書き物机だったのに。グウェンダルは腫れ物にでも触《さわ》るみたいに、指先だけで取っ手を引っ張ってみた。焦げ茶の木目が移動する。

「確かめようなどとは思わないことです。あなたのように無駄に身体《からだ》の大きい男が入ったら、必ず途中《とちゅう》で詰《つ》まりますよ。そうなったら最後、二度と戻れません。永遠に亜《あ》空間を漂うことになります」

　亜空間って何だ？　それと、抽斗にしまっておいた蛙《かえる》の文鎮《ぶんちん》はどこにやった？　緑の背中が滑《なめ》らかで、お気に入りの一品だったのに。机の奥の異空間から、冬の冷たい外気とともに覚えのある香《かお》りが流れてきた。

「ベランダの匂《にお》いが」

「時はかけられませんよ。言っておきますが」

　勝手知ったる実験台の部屋で、アニシナは慣れた様子で茶を淹《い》れだした。人を呼んで命じてもいいのだが、グウェンダルは私室に使用人が入るのを好まない。人嫌《ひとぎら》いと言えば聞こえはいいけれど、本当の理由は別にある。

「増えてきたようですね、あみぐるみ……しかも微妙《びみょう》に不細工」

　怒りの言葉がこみ上げるが、付き合いの長いグウェンダルはそれがどれだけ危険なことかを心得ていた。赤い悪魔の機嫌《きげん》を損《そこ》ねたくなかったら、黙っているのが最善の対応だ。

「デンシャムの陰謀《いんぼう》を聞きましたか？」

「陰謀……単なる結婚話だろうが」

「いいえ、明らかな謀略《ぼうりゃく》です！」

アニシナは語気荒《あら》く断言して、グウェンダルにカップを押しつけた。なみなみと注がれた紅茶が、揺《ゆ》れた拍子《ひょうし》に手にかかる。

「……ち」

熱かった。我慢《がまん》した。でもやっぱり熱かった。ここで茶碗《ちゃわん》を取り落とそうものなら、わたくしのお茶が飲めないとでも、とくるだろう。火傷《やけど》を覚悟《かくご》して持ちこたえ、相手が話し出すのを待つ。

「わたくしの有り余る才能に、デンシャムは嫉妬《しっと》しているのです」

なに？　それは少し違うような気がする。グウェンダルは彼女の兄とも親しいが、彼は彼で独特な価値観で生きていて、誰かを羨《うらや》むとは思えない。フォンカーベルニコフ卿《きょう》デンシャムという男は、財と鳥類を愛しはしても魔力や美貌《びぼう》を望むことはない。

「それはど……」

「いいえ確かです！　わたくしの叡智《えいち》と魔力による国家への貢献《こうけん》が妬《ねた》ましいのです。まあ判《わか》らないことはありません。同じ血を引く兄妹なのに、自分は金銭を掻《か》き集めるしか能がないのですからね」

国家財政面では最も大切なことだ。

「だからといって体よく追われてなどやるものですか。魔族の短い人生には下らない男に割《さ》く時間などありません。そこでわたくしは考えました！」

マッドマジカリストが熟考するとろくなことにならない。だがここでうっかり話の腰《こし》を折り、自分に被害《ひがい》が及《およ》ぶのも困りものだ。

「わたくしが生半可な断り方をすれば、この先何度も同じ話を持ちかけられるばかりです。ここはひとつ、ビシッと言ってやらなくては。これでもかというくらい痛い目に遭《あ》わせれば、もう二度と下らない問題で頭を悩《なや》まさずにすむでしょうからね」

「下らない問題というのは、婚姻《こんいん》のことか?」

「当然です」

ああ、ではフォンヴォルテール卿の母親は、下らないことを三回もしてしまったわけだ。

幼馴染みの溜息《ためいき》をよそに、アニシナは飲み物に口をつけ、喉《のど》を潤《うるお》してから知的に笑った。

「一晩考えて最高の方法を思いつきました。名付けて『ロメロとアルジェント』作戦」

「ロメロとアルジェント?　なんだそれは」

「え!?」

かれこれ百年以上一緒《いっしょ》にいるが、これほど驚《おどろ》いたアニシナを見るのは初めてだった。相変わらず艶気《いろけ》の欠片《かけら》もないが、眉《まゆ》を上げ澄《す》んだ水色の瞳《ひとみ》を大きくし、指先で口元を押さえる様子は、普段《ふだん》の彼女とは格段の相違《そうい》がある。もっとも薔薇《ばら》色の唇《くちびる》が、毒を吐《は》くまでの僅《わず》かな時間のことだが。

「知らないのですか!?　ロメロとアルジェントを!?　眞魔国三大悲劇と評される非常に有名な

戯曲《ぎきょく》ですよ！　信じられない、古典も読まずに成人する者がいたなんて。これだからあなたは浅学だと嗤《わら》われるのです」

「嗤うのはお前だけだが……とにかく、どういう内容だ、そのロメロと……」

「アルジェント」

「そう、アルジェントは」

「ま、まあよくあるお涙《なみだ》ちょうだいの悲恋《ひれん》ものです。結ばれぬ立場の恋人《こいびと》同士が、親の決めた婚約者《こんやくしゃ》との結婚《けっこん》を嫌い、せめて死後こそ一緒になろうと薬を呷《あお》る。お約束ですね」

マッドマジカリストの好みそうな内容ではない。

「わたくしはあの作品で、恋愛《れんあい》がどんなに無駄《むだ》なものであるか、女性にとっての本当の幸せとは決して恋人との暮らしなどではなく、持って生まれた自らの資質を最大限に生かし、社会に貢献することなのだと学びました。まったく、男のために薬を呷るなど……愚《おろ》かしいにも程があります。何度読んでも腹の立つ展開」

おそらく彼女の読後感は、超少数派で異端《いたん》だろう。

「けれど物語の最後では、倒《たお》れ伏《ふ》したロメロとアルジェントを囲み、一族の皆《みな》が後悔《こうかい》するのです。こんなことになるのなら、親の決めた相手と無理やり結婚させようとするのではなかった、自分達が馬鹿《ばか》だった、という具合に。わたくしもこの手を使って、もう二度と結婚話など持ち込まれぬように、偽装心中《ぎそうしんじゅう》で戦《おのの》かせてやりましょうと。そこであなたにロメロ役を……」

「断る」

「おや」

珍《めずら》しく断固とした態度の幼馴染みに、アニシナは少々戸惑《とまど》った。拒絶《きょぜつ》されるとは予想していなかったので、次の言葉を選ぶまでにほんの数拍間《すうはくま》があった。

平素の無口が嘘《うそ》のように、グウェンダルは強い口調で喋《しゃべ》り続けた。決意表明の緊張《きんちょう》のせいか手の中の紅茶が軽く揺れている。

「後の仕打ちを思いやると……いや、お前の意にそまぬ婚約話なら、ぜひとも破談に一役買ってやりたいとは思う。毒もまあ……様々な実験に付き合わされている私なら、多少は免疫《めんえき》ができているかもしれない。まさにロデオ……」

「ロメロ」

「そう、ロメロ役には相応《ふさわ》しいだろう。だが一つだけ失念していることがある。私とお前がロレロと」

「ロメロ」

「そう、奴《やつ》とアルジェントを模して偽装心中したとしよう。たとえそれが偽薬《ぎやく》で死ななくても、こんなことをされたのでは堪《たま》らないとデンシャムは素直に諦《あきら》めるかもしれん。しかし、しかしだアニシナ。お前と私がそういう仲だと誤解されたらどうする？　現代のロクロと」

「だから、ロメロ」

「ああ、現代のロメロとアルジェントだなどと騒《さわ》ぎ立てられ、噂《うわさ》が広まってしまったら一体どうするつもりだ？　しかもそれが母上の耳に入り、あの方特有の恋愛至上主義で、二人がそこまで想《おも》い合っていたとはなどと早とちりされ、国王命令で結婚を余儀《よぎ》なくされたら……」

十年先の光景まで想像してしまい、二人は互《たが》いに青くなった。

「拒否《きよひ》できるか？　国王命令を……。ロリ夫どころではないだろう……」

「……ろ、ロメロです」

部屋の温度が急に下がった。


頭頂部を風に撫《な》でられても、兵士はそこに立ち尽《つ》くしていた。

「よっダカスコス、後ろ頭やばいことになりかけてんぜ？」

「……ほっとけ」

視線の先にあるのは、カーベルニコフ城内勤務兵士用医療掲示板《いりようけいじばん》だ。隣《となり》の通常掲示板には、昇進《しようしん》や異動の公示から催《もよお》し物《もの》の日程まで様々なお知らせが貼《は》り出される。だが、こちらの医療掲示板には、年に一度定期検診《けんしん》の日時が発表されるだけで、それ以外に大した役割はない。現につい先日までは、四年前の虫歯予防宣伝が色あせた状態で残っていた。ところが今は。

「おりょ、新しい張り紙が」

「そうなんだ。しかもこの複雑怪奇《かいき》な署名欄《らん》、どうやら発信人はアニシナ様みたいだ」

「ひいい、赤い悪魔《あくま》！」

立てば実験、座《すわ》れば小言、歩く先には地獄絵図《じごくえず》、と才媛《さいえん》の誉《ほま》れ高いフォンカーベルニコフ卿アニシナ嬢《じょう》ではあるが、強く美しく才能に溢《あふ》れる彼女にも如何《いかん》ともしがたい欠点があった。それは筆跡《ひっせき》が個性的で、素人《しろうと》には判読不可能なことだ。

「相変わらず男前な癖字《くせじ》、ていうか悪筆」

「……なんだと思う？　ドクロ役募集《ぼしゅう》って」

そろそろ中年に差し掛《か》かりつつある兵士、ダカスコスは、報酬欄《ほうしゅうらん》から目を離《はな》せぬまま同僚《どうりょう》に訊《き》いた。たった一晩肉体労働をするだけで、２００２金とは驚くほどぼろい。危険な洞窟《どうくつ》に分け入って獰猛《どうもう》な怪物《かいぶつ》を倒したとしても、落ちているのは精々１１９２金だ。これではいい国もつくれやしない。

何か裏があるにしても、高額報酬は魅力《みりょく》だった。

「けどなあ、あのアニシナ様だぜー？　新薬実験に志願した奴が、ロバ頭んなって帰ったって話もあるくらいだ。借金で身売りでも迫《せま》られてるんでなけりゃ、飛びつかないほうが身のためだぞ」

「ああ、うん」

夜勤明けの同僚が行ってしまっても、ダカスコスは募集要項《ようこう》を眺《なが》めていた。勤務中も頭にあるのは2002金のことだけで、引継時《ひきつぎ》の声出しも上の空だった。終業時刻を過ぎると独り者の仲間達に誘《さそ》われたが、いつもどおり真っ直《す》ぐに帰宅の途《と》についた。年老いて病気の母親が、首を長くして息子《むすこ》の帰りを待っているのだ。

道すがら考えたのも報酬のことだった。四桁《けた》の数字が脳内を踊《おど》る。あまりにぼんやりしていたために、路地から姿を現した連中にも気付かなかった。腕《うで》を掴《つか》まれてぎょっとする。

「ようダカスコス、金は都合できたかい？」

「うへひゃ！」

趣味《しゅみ》の悪い蛇革《へびがわ》の靴《くつ》を履《は》いた二人組が、ダカスコスを塀《へい》へと押しつける。遠目には正方形に見える体格の男が、煙草《タバコ》を投げ捨てて嫌《いや》らしく笑った。

「返済期日は明後日《あさって》だぜ。ヘンサイキジツって言葉判《わか》るか？　お前さんが賭事《かけごと》でスった金を、耳を揃《そろ》えて返してくれる日ってことだぜ？」

「だぜ、って、あんな大金とても急には……それにあれは、賭事でスったんじゃない。娘《むすめ》に誕生日の贈《おく》り物を……」

「ばっかやろぅん、借金してご機嫌《きげん》うかがってんじゃねーぜ。ちゃんと誠意みせろってんだぜ！　こうなりゃテメェの頭皮売ってでも揃えろってんだ」

「と、頭皮？」

蛇革靴の借金取りは顔を近づけ、ダカスコスの短い髪《かみ》を鷲掴《わしづか》みにした。

「そうだぜ。近頃《ちかごろ》の物好きな頭皮収集家の間では、こーんなうすらハゲの皮にも値段がつくって話だぜ?」

「う……売れませんよ頭皮なんて」

「そう言うなってぇ。病気のお袋《ふくろ》さんにも金がかかるんだろぅん?」

「だ、だってそんなことしたら仕事に行けないじゃないですか」

這々《ほうほう》の体で逃《に》げ帰り、自宅の扉《とびら》をそっと開ける。台所には灯《あか》りもついていない。母親は恐《おそ》らく寝室《しんしつ》だろうと、上着を脱《ぬ》ぎながらそちらに向かう。

「母さん?」

「おやダッキーちゃん、帰ったのかい」

枯《か》れ枝みたいに細い腕で、卓上《たくじょう》に平べったい箱を広げている。ランプの黄色い光に目を凝《こ》らすと、百をも超《こ》そうかという煙草の吸い殻《がら》だった。ずらりと並んだ獲得品《かくとくひん》には、それぞれ名札が付けられていた。

「今日はどうだったんだい、ダッキーちゃん。デンシャム様かアニシナ様のゴミは手に入ったかい?」

ダカスコスは切ない溜息《ためいき》をついた。

「母さん、それはもうビョーキだよ……」

この瞬間《しゅんかん》、彼はあることを決意した。自分が頭皮を売ってしまったら、残されたこの母はどうなるのか。若い頃から極端《きょくたん》に痩《や》せていて、現在も健康は維持《いじ》している。しかしもう二度と息子が貴族達のゴミを持ち帰らないと知ったら、悲しみのあまり収集車の前に身を投げ出してしまうかも。

どうにかして、借金を返さなくてはなるまい。

それに……。別れたときの娘の涙《なみだ》を思い出して、鼻の奥と目頭がじんとした。幾《いく》ばくかの養育費でも送ってやれば、女房《にょうぼう》も自分を見直してくれるに違《ちが》いない。あの頃の楽しかった生活を取り戻《もど》せるとは思わないが、せめて別れた女房子供には、できるだけのことをしてやりたい。

そのためならドクロ役でもなんでもやってやる。

事務仕事の能率は、補佐《ほさ》役の優秀《ゆうしゅう》さで決まるといっても過言ではない。

その点では、フォンヴォルテール卿《きょう》は恵《めぐ》まれていた。二年前に悪徳貿易商から、検定一級一発合格の女性秘書を引き抜《ぬ》いてきたのだ。職業婦人にありがちなひかえめ容姿、髪は白みがかった黄土色、好意的に表現して平均体重三割増の女は、体格からは想像できないような、きびきびした口調で仕事を始めた。

若さや見た目で秘書を選ばなくて本当によかった。たとえ腰回《こしまわ》りが少々、いやかなり豊かでも、頭脳労働の得意な者のほうがありがたい。

「おはようございます、閣下」

「ああ」

「本日のご予定に多少変更《へんこう》がございます。まず領境施設《しせつ》の視察ですが、先だっての長雨で河川敷《かせんじき》の整備に遅《おく》れが生じたため、施設管理官がご同行できません。よろしければ後日に設定し直しますが」

「そのように」

「こちらが本日の眞魔国日報です。よろしければ」

「ああ」

顔より大きい日刊紙を受け取りながら、グウェンダルはさりげなく秘書に尋《たず》ねた。

「子供はどうだ、アンブリン」

「はい、お陰様《かげさま》で元気に過ごしております。この城の託児所は充実《じゅうじつ》していますね。以前の職場に比べると格段の差です。さすがは女性の味方、アニシナ様が、監督なさっただけのことはございます。わたしども働く母親にとっては、とてもありがたい環境《かんきょう》です。ああ申し遅れましたが、アニシナ様といえば……」

アンブリンは未決書類の盆《ぼん》から封書《ふうしょ》を探しだし、上司の机にそっと置いた。ヴォルテール城主であるグウェンダル閣下宛《あて》に、公《おおやけ》に送られた書状なので、彼女も事前にざっと目を通してある。

「フォンカーベルニコフ卿から、祝宴《しゆくえん》のご招待が。アニシナ様がご婚約《こんやく》なさるとか」

「なに⁉」

「急な話でわたしも驚《おどろ》きました。宴《うたげ》は五日後となっておりましたが……ご出席なさいますか？　あ、そこに大きく書かれていましたか。アニシナ様ほどのお方ともなると、日報も黙《だま》っては、いえ祝福せずにはいないのですね」

普段《ふだん》なら狩《か》りと投擲《とうてき》の試合結果が載《の》る紙面に、でかでかと燃えるような赤毛が描《えが》かれている。これでもかとばかりに目を引く太字の大見出し。

『赤い悪魔《あくま》、ついに年貢《ねんぐ》の納めどき⁉』

おどろおどろしい書体の小見出しは「無惨《むざん》、ロシュフォールの小鳥、魔女の餌食《えじき》」「男の人権を無視した政略結婚《けつこん》か」「夫に待ち受ける悪夢の日々」と、どう読んでも通常の婚約記事とは思えない煽《あお》り方だ。

「これはまた、見事にすっぱ抜かれたものですねぇ。ここまで詳《くわ》しいと内部の者が情報を流したとしか思えません」

婚約に至るまでの過程から、儀式《ぎしき》の日取りまで詳細《しようさい》に記されている。シンニチ（眞魔国日報）によると本日が両家の昼食会らしい。午後にはアニシナ嬢が婚礼衣装《いしよう》を披露《ひろう》、形式だけの

窓問い の儀《ぎ》が行われる予定だ。以上、カーベルニコフ支局レジナルド・ポンチャック。

グウェンダルの心臓が、にわかに鼓動《こどう》を早くした。

まさか。

「そういえば先号の『月刊魔族』に、お相手のフォンロシュフォール卿ジャン・リュック様の経歴が紹介《しょうかい》されていました。その時は国を代表する鳥類学者として取材を受けていただけでしたが。気の小さそうな細顎《あご》の……ああこれです。ご覧になりますか」

広げられた月刊誌では、確かに貴族らしく整ってはいるが、お世辞にも大物とは呼べないような鳥顔の男が微笑《ほほえ》んでいる。こいつは明らかにデンシャムの趣味だと、グウェンダルは即座《そくざ》に見て取った。

不安は急速に大きく育ち、悪い予感で頭がいっぱいになる。この男のことが心配なわけではなかった。あのアニシナと結婚しようと決意したのだ、それ相応の覚悟《かくご》があるのだろう。だからといって幼馴染《おさななじ》みの縁談《えんだん》に、みっともなく動揺《どうよう》しているわけでもない。身近に新しい実験台ができれば、グウェンダルの苦労の日々も終わるだろうし。

だが、この胸の高鳴りはどうしたことだ。

物凄《ものすご》く不吉《ふきつ》な結末を思い描《えが》いてしまい、両手で頭を抱《かか》えたくなる。

「いや、まさか」

不屈《ふくつ》のマッドマジカリストとはいえ、いくらなんでもそんな恐ろしいことはしないだろう。

グウェンダルは先日の極悪《ごくあく》な計画が、決行されることを危惧《きぐ》しているのだ。

縁談を断る方法など、他《ほか》にいくらでもあるのだし、第一、自分が拒否《きょひ》したために、絶対必要だったロメロ役がいないはずだ。ということは計画は実行不可能、誰《だれ》にも害は及《およ》ばない。

「閣下？」

「あ、ああ何だ」

「筆記具が逆さまです」

気付くと右手がインクで青く染まっていた。まずい、不安が増しすぎて、別のことを考えられなくなっている。

「代わりのペンをお持ちしましょうか」

代わりだと？　代わり……代わり……代わりの男!?　そうだ、知人の一人に断られたからといって、あっさりと諦《あきら》めるようなアニシナではない。即行《そっこう》で第二のロメロ役候補を決め、密《ひそ》かに作戦進行中の可能性もある。

「私の心配する筋合いでもな……待てよ……アンブリン！」

「はい」

一級秘書はにっこりと顔を上げた。

「コンラートとヴォルフラムから連絡《れんらく》があったのはいつだ？」

「ヴォルフラム閣下は半月前から王城でツェツィーリエ陛下とご一緒《いっしょ》です。昨日、使いの者か

ら聞きました。コンラート閣下は……ギレンホールを発《た》たれたのが三月前と記憶《きおく》しております

ので……申し訳ございません、現在どこにおられるのかは判りかねます」

「そうか」

平静を装って答えながらも、爪先《つまさき》では絨毯《じゅうたん》を擦《こす》っている。

不安と苛《いら》つきの原因は、あの忌々《いまいま》しい『ロメロとアルジェント計画』だ。

アニシナが決行するとしたら、犠牲《ぎせい》となるロメロ役が必要になる。手近な標的グウェンダル

に断られれば、弟達に目を付ける可能性もあるだろう。末弟のヴォルフラムは心中《しんじゅう》をしかける

相手として、年齢《ねんれい》、外見的にも不自然だが、すぐ下のウェラー卿コンラートは、あらゆる面に

おいて好都合だ。

世代を問わず女性に焦《こ》がれられてはいるが、父方の人間の血のせいで、一部の貴族からは煙《けむ》

たがられている。先の戦《いくさ》で武勲《ぶくん》をたてるまでは、十貴族より格下の位しか与《あた》えられていなかっ

た。その点は名門カーベルニコフの婿《むこ》として、反対される理由にもなる。

「アンブリン」

「はい」

「ロメロとアルジェントという戯曲《ぎきょく》を知っているか」

「もちろんです。家柄《いえがら》や身分の違いによって、結ばれない運命の男女の悲恋《ひれん》ですね」

非常にまずい！

コンラートは実際にそれを経験している。恋愛までいっていたかどうかは怪《あや》しいものだが、自分の過去と重なって、アニシナの嘘《うそ》話にほだされないとも限らない。

「アンブリン！」

「はいっ」

「先に毒を飲むのはどっちだ⁉」

「毒？　薬ですか？　先に飲むのはロメロです。あ、閣下？　閣下どちらへ⁉」

杞《き》憂《ゆう》で済んでくれればと思いつつも、グウェンダルは矢もたてもたまらず歩きだしていた。馬ではとても間に合わないだろう。かといって空を行く魔動凧《たこ》は、地術を得意とする者には操《あやつ》りづらい。

こうなったらもう、あれを使うしかないのでは。

居室の扉《とびら》を開け放ち、フォンヴォルテール卿《きょう》は書き物机の取っ手を強く引いた。年季の入った木目の抽斗《ひきだし》が、音もなく滑《なめ》らかに口を開ける。

「あ、ベランダの匂《にお》いですね」

「時はかけないそうだがな」

何十年も使い込んだ愛用の机だ。抽斗の容積くらいは判《わか》っている。どうひいき目に見積もっても、大の男が入れる広さはない。ましてやグウェンダルは非常に長身だ、膝下《ひざした》だけでつっかえてしまいそうだ。

取りあえず右足を突《つ》っ込んでみる。思ったより奥行きはありそうだ。

非常識なものを眺《なが》めるような呆《あき》れ顔で、上司と机を見比べていたアンブリンが、自分としてはどう協力したものかと悩《なや》みながら口を挟《はさ》む。

「あのー、閣下、何をなさっているのですか」

「カーベルニコフ城に、行く、ために、空間移動筒路に、入ろうと、しているっ。くそっ！　どうやら奥には通じているらしいが、狭《せま》さと細さでどうにもならん！」

「なんでそんな場所に入り口を作ったんですか？」

「知るものか！」

秘書はしばらく黙り込み、城主が穴と格闘《かくとう》するのを見守った。やがて長身のグウェンダルは、腰《こし》上だけを机から垂らしてぐったりしてしまった。

「閣下？」

「…………ああ」

「頭からお入りになったらいかがですか。それとも、一度わたしが挑戦《ちょうせん》してみましょうか」

「何？」

「こう見えても体格には少々自信がございます。もしうまくいけば筒路の幅《はば》が広がって、身体《からだ》の長い方でもどうにか通れるかもしれませんよ」

若さや見た目で秘書を選ばなくて本当によかった！

自分がこの場にいることが、ダカスコスは未《いま》だに信じられなかった。

貴族のご婦人の私室に入ることなど、一生ないと思っていた。なのに今、目の前に開けているのは、めくるめく独身女性の私生活だ。

「はあ……アニシナ様はこういう部屋に住んでらしたのかー……あ、いかんいかん」

いつもの癖《くせ》で母親への土産《みやげ》を探しかける。そんなことをしている場合ではない。

全体的に赤と水色でまとめられた室内は、兵士の集団とはまるっきり異なる香《かお》りがした。花のようでもあり香水《こうすい》のようでもある。ふと窓辺に目をやると、小蠅《こばえ》が三匹《びき》死んでいた。

「……殺虫剤《ざい》の……」

壁《かべ》には色とりどりの絵画が飾《かざ》られているが、よく見ると謎《なぞ》の数式が書き込まれている。無骨な造りの卓上《たくじょう》には、様々な大きさのガラスの容器が並べられていた。薄緑《うすみどり》の液体に浮《う》かぶのは、指や眼球や骨片だ。

「なんだ、アニシナ様も収集家だったのか」

淡《あわ》い色合いの部屋着が掛《か》かっているのは、筋肉も露《あらわ》な人体模型だ。

歩幅《ほはば》の狭い足音がして、いきなり扉が開かれる。走ってきたとみられるアニシナが、頬《ほお》を紅潮させて入ってきた。胸を強調した豪奢《ごうしゃ》な衣装を、無造作に膝までたくし上げている。厳重に三カ所も鍵《かぎ》を掛けた。

「これでいいでしょう」

「あ、アニシナ様」

なんだかよからぬ事件に巻き込まれた少女のような、怯《おび》えた声を発してしまう。

「顔を隠《かく》すようにと言っておいたはずです!」

先程の部屋着をひっ摑《つか》むと、ダカスコスの頭部に被《かぶ》せてしまう。

「いいですか、あまり時間がありません。うかうかしているとあの鳥顔が窓の外に来てしまいます。一度しか説明しませんから、きちんと集中して聞くように」

昔ながらの窓問いの儀《ぎ》とは、求婚《きゅうこん》する者が相手の部屋の外に立ち、大声で歌い泣き叫《さけ》び、最後には大岩を投げて窓ごと粉砕《ふんさい》するという、男らしいやら野蛮《やばん》やらという面倒《めんどう》な儀式だ。現在では求婚者が女性だったり、家屋の修繕費《しゅうぜんひ》がばかにならないという現実的な理由で、庭で一節歌った後に小石で窓を叩《たた》く程度に略されている。

返事がないのは暗黙《あんもく》の了解《りょうかい》とみなされて、求婚者は窓から侵入《しんにゅう》する。

「あの鳥顔、親の前で泣かされたのを根に持って、不必要に大きな石など投げてこなければいいのですが」

泣かしたのか!? とビックリツッコミする間もなく、アニシナは紙と筆記具を前に置いた。

案の定、あまりにも悪筆過ぎて、ダカスコスには読めなかった。

「さ、ここに署名なさい。この書類には計画が失敗に終わった場合でも、わたくしを責めるものではないと書かれています。安心なさい、命を落とすような猛毒《もうどく》は一滴《いってき》たりとも加えていませんから」

「い、命を落とすって、自分は何をさせられるのですかっ⁉」

「ここにある薬を飲み干して、少しの間、心中《しんじゆう》してもらうだけです」

マッドマジカリストの手の中には、紫色《むらさきいろ》の液体がなみなみと入った小瓶《こびん》があった。午後の日《ひ》射《ざ》しを斜《なな》めに受けて、気のせいか不気味に光っている。

「心中⁉」

「いちいち驚《おどろ》くことですか。これだから近頃《ちかごろ》の男ときたらカワウソよりも情けないと言われるのです。わたくしとあなたが心中まで企《くわだ》てたとなれば、デンシャムも二度と縁談《えんだん》など持ち込まないでしょう。一年くらいは恋人扱《こいびとあつか》いされるでしょうけれど、その後は報酬《ほうしゆう》を持ってどこへなりと消えてくれて結構。さ、ここに自分の名前を書きなさい。それからここ、この線の上に、もし万が一あなたが2002金を受け取れなかったら、誰《だれ》に譲《ゆず》るか相手の名前も書くのです。確か母親がいましたね、親の名前でもかまいません」

高価そうなペンを握《にぎ》らされ、細腕《ほそうで》とは思えぬ凄《すご》い力で手を紙に持っていかれる。ダカスコスは今にも泣きそうな気分になり、ちょっと待ってくださいを連発した。

「ちょっと待ってください、受け取れないってどういうことデスか!?　もしかして自分はここで殺されるんですか!?」

「普通《ふつう》に道を歩いていても、頭上から落ちてきた鉢植《はちう》えのせいで死ぬご時世なのですよ。万が一のことを語っているだけで、計画では死なないことになっています」

「計画ではー!?」

生まれついてのせっかちなのか、それとも鳥顔の逆襲《ぎやくしゆう》を前にして、彼女なりに気が急《せ》くのか、赤い悪魔《あくま》は小瓶の蓋《ふた》を開け、絨毯《じゆうたん》に一滴垂らしてみた。

破裂《はれつ》音と共に煙《けむり》が上がった。

「ひゃーん」

「全《すべ》て計算どおりです」

それでも借金が全額返済できて、残った分で遺族が生活できるのならと、ダカスコスは苦労して指の震《ふる》えをおさえ、母親と娘《むすめ》の名前を記した。

「書きましたか？　書きましたね!?　ではこれを一息に飲み干してしまいなさい。大丈夫《だいじようぶ》です、心配しなくとも、劇中ではアルジェントもすぐに後を追うことになっていますから」

「え、ではアニシナ様も毒を呷《あお》られるので？」

「まさか！　わたくしは含《ふく》むふりをするだけですよ。ぎりぎり飲み下す直前に、異変に気付いた関係者に止められるという筋書きです」

「へえ⁉　それじゃ、自分だけが犠牲《ぎせい》になるわけですか⁉　そんなの嫌《いや》です、そんなの不公平じゃないですかあ！」

「お黙《だま》りなさい。たとえ偽装心中《ぎそうしんじゅう》だとしても、どちらか一人くらい薬を呷っていなければ怪《あや》しまれるではないですか。それにあなたは姿形が多少変わっても、普通に兵士として働き続けられますが、このわたくしの実験や研究は、繊細《せんさい》な指先を必要とするのです。腐《くさ》った指では微妙《びみょう》な加減が判《わか》りません」

その繊細なはずの指先で、アニシナはダカスコスの顎《あご》を掴んだ。鼻を摘《つま》んで息苦しくさせるまでもなく、力ずくで口をこじ開ける。

「これまでです、観念してわたくしの戯曲《ぎきょく》を演じなさい！」

ダカスコスは本物の悪魔を見た。

「あふひゃひゃはて、はって、はってくだひゃい！　ほひとり名前ほ書ひわふへみゃひた。元にょーぼーの名前ほ、書ひわふれまひた！　はんふりん、って書ひ足ひておひてくだひゃい、はんふりんって」

「待てアニシナ！」

衣装棚《いしょうだな》の扉《とびら》が蹴破《けやぶ》られ、背の高い男が駆《か》け込んできた。血の気の引いた額には、冷たい汗《あせ》が浮いている。

「なんですグウェンダル、今取り込み中で……」

「やめろコンラートにその毒を飲ませるなっ」

「コンラート？」

予想もしなかった名前を挙げられて一瞬《いっしゅん》だけ気を取られたアニシナから、紫色の小瓶を引ったくる。弾《はず》みで少し右腕《みぎうで》にかかった。火傷《やけど》に似た痛みが肘《ひじ》まで走る。

「……っつ、私の弟にこんな物を飲ませるつもりだったのか⁉」

「弟？　ウェラー卿《きょう》のことですか？　彼がどこに」

「なんだと、ではこれは……」

解放されて床《ゆか》にうずくまり、喉《のど》を押さえて咳《せ》き込む男の頭部から、アニシナの部屋着を剝《は》ぎ取った。

「……髪《かみ》が薄《うす》くなっている」

「このわたくしがウェラー卿を利用するとでも？　彼はスザナ・ジュリアの大切な人だったのですよ、それをわたくしがロメロ役にするとでも思いましたか⁉　わたくしも見くびられたものですねッ。これが幼馴染《おさななじ》みにされる仕打ちかと思うと、情けなくて涙《なみだ》がでそうです！」

「いや、す、すまなかった」

獲物《えもの》がコンラートでなかったとしても充分《じゅうぶん》に極悪《ごくあく》な行為《こうい》なのだが、その点をあっさりと失念して、グウェンダルは額の汗を拭《ぬぐ》った。視界の端《はし》に赤い物が垂れている。暗闇《くらやみ》でぶつけたこめかみから血でも流れているのだろうか。

「衣装棚から現れたということは……通ったのですね」

「緊急事態《きんきゆう》だったのだ、空間移動筒路《つつろ》とやらを利用させてもらっ……」

「通ったのですね、わたくしの下着畑を！」

「あ、ああ、そのような地帯を過ぎた覚えはある」

「そうでしょうとも！　頭の上に耳をつけていますよっ」

知らないうちに彼女の下着を載《の》せていたようだ。

実にきまりが悪い。

「ダッキーちゃん⁉」

「は、はんふりん」

遅《おく》れて衣装の海を泳ぎ切ったヴォルテール城の秘書が、棚から顔を出すなり叫び声をあげた。

「きゃーまさかダッキーちゃんついにやってしまったの⁉　ついにアニシナ様のお部屋にまで吸《す》い殻《がら》とか盗《ぬす》みに侵入しちゃったの⁉」

「違《ちが》う、違うんだよブリンちゃん、これには複雑な理由があって、げふぇふごふっ」

「ああ、それではあなたが、はんふりんですか。この男、報酬の受取人に、貴方の名前を書き忘れていましたよ」

「なんですって」

元々大きくはないアンブリンの目が、怒《いか》りでなおさら細まった。

「本当なの？　ダッキーちゃん」

「違う、違うんだよブリンちゃん、これにも複雑な理由があって、げふえふごふっ」

硝子《ガラス》の割れる音に続いて、求婚者《きゅうこんしゃ》であるフォンロシュフォール鳥顔卿ジャン・リュックの短い足が、窓を乗り越《こ》えて入ってくる。

赤い悪魔と呼ばれる女は、婚約者《こんやくしゃ》になる予定の男の足を珍《めずら》しく力無い視線で見守っていた。

「……筋書きでは、床に転がったダカスコスが硬直《こうちょく》し始めていて、ちょうど窓から侵入《しんにゅう》してきた関係者が、後を追って小瓶を口元に近づけるわたくしを、制止しているはずでした……そして衝撃《しょうげき》を受けたデンシャムが、そんなに政略結婚《けっこん》が嫌なのならもう二度と結婚話など持ちかけないと、涙ながらに誓《ちか》っているはずでした……でもどうやら、もう間に合わないようですね」

アニシナは軽く唇《くちびる》を噛《か》み、僅《わず》かに俯《うつむ》いて言葉を震わせた。

「……計画は、失敗です」

横ではダカスコスが元女房《にょうぼう》に、書類を突《つ》き付けられては殴《なぐ》られている。

ジャン・リュックが汗まみれになって窓から尻《しり》を抜《ぬ》き、頓狂《とんきょう》な鳥声で皆《みな》を指差した。

グウェンダルは彼女の肩《かた》に手を置いた。

「アニシナ」

なんだか妙《みょう》に豪奢《ごうしゃ》な衣装を着ているなと、脳味噌《のうみそ》の予備の部分でぼんやりと思う。

「アニシナ、いつものお前の言い方で、相手にきっぱり断ればいい。デンシャムが次の話を決めてきたら、その時にはまたはっきり断ればいい。お前が手に負えないほど厄介《やっかい》な男だったら、私がいつでも協力する」

「グウェンばかりに頼《たよ》るわけにはいきません」

「私が一番、慣れているだろう？」

気の遠くなるほどの長い時間、同じことの繰《く》り返しだ。

子供の頃《ころ》からずっとそうしてきたのだから、今さら誰《だれ》にも譲《ゆず》れない。

「あっれー⁉」

求婚者に続いて窓枠《まどわく》を超《こ》えたデンシャムが、室内の様子をぐるりと見回した。右肩《みぎかた》に雄鶏《おんどり》を載せている。

「なんでフォンヴォルテール卿が来てるんだぁい？」

腫《は》れぼったい目蓋《まぶた》を必死で開いて、この場の状況《じょうきょう》を読みとろうとする。グウェンダルが手にしたままの小瓶《こびん》に視線を留め、ようやく事態を呑《の》み込んだようだ。

「うわ、そんなもの飲んだら駄目《だめ》だよぉ！」

取り上げようとかかってくるが、絶対的な身長差に阻《はば》まれて、背伸《せの》びをしても届かない。

「不気味に光る紫色《むらさきいろ》、それもしかしてロメロとアルジェントの薬じゃないのかい⁉　なんでそんなものがこの部屋に。しかもなんでフォンヴォルテール卿が飲もうとしてるんだい」

「していな……」

「ああっもしかしてきみたち二人って……っ」

グウェンダルは大慌《おおあわ》てで首を振《ふ》り、もう何度目かも判らない「待て」を言い続けた。だが他人の話を聞かないことも、カーベルニコフの共通遺伝であるらしい。

「アニシナの婚約に反対して、二人でロメロとアルジェントみたいに薬を呷《あお》ろうとしてたんだねぇ⁉ なんだ妹ぉ、そうならそうと早く教えてくれればいいのにぃ、そういう事情ならぼかぁ縁談《えんだん》なんて決めたりしないよぉ」

「ち、違うと言って……」

デンシャムは肩にミンチーを載せたまま、妹と幼馴染みにがばっと腕《うで》を回した。

「死後の生活を共にしようとまで思い詰《つ》めてるなんて、兄はちっとも知らなかったよぉ。気付いてあげなくてすまなかったね、でももう絶対にきみらの邪魔《じゃま》はしないと誓う」

二人して違うと叫《さけ》ぶのだが、興奮した雄鶏までもが叫び始め、誰が何を言っているのかさっぱり聞き取れない。

「うんうん、ミンチーちょっと静かにおし。そーかぁ……彼とそういう仲だったとはね。グウェンダル、ぼかぁ一人の兄として改めてお願いするよ。ふつつかな妹だけど才能には満ちあふれてるんで、どうか一生仲良くしてやっておくれ」

仲良く、の言葉に打ちのめされて、グウェンダルは一瞬気が遠くなりかけた。彼の意識を取り戻《もど》したのは、右腕《みぎうで》を襲《おそ》った激痛だった。

「……なんだ……この、痛みは」

ロメロの薬品製造者本人は、そういえばという表情でサラリと言った。

「右腕が腐《くさ》ってきたのですよ。先ほど液体がかかったでしょう？」

「なんだと!? これは飲むと死ぬ毒だという話だっただろうが。この世では結ばれない運命の恋人同士《こいびとどうし》が、せめてあの世では一緒《いっしょ》になろうと毒を飲んで心中《しんじゅう》するのだと……」

「わたくしがいつ、そんなことを言いましたか」

「なにィ!?」

美しい婚礼衣装《こんれいいしょう》に身を包んだアニシナは、コルセットで締《し》めた腰《こし》のくびれに両手を当てて、細い顎《あご》を軽く上げた。

「ロメロとアルジェントはせめて死後の生活をともにしようと、死んでから骨地族になるといわれる薬を呷るのですよ。ところが案の定、薬は偽物《にせもの》。魔族《まぞく》が一度死んだところで別の種族になれるはずもなく、腐った死体もしくは生ける屍《しかばね》と成り果てて、いつまでも生き続けなければならなかったという、三大悲劇に相応《ふさわ》しい戯曲《ぎきょく》なのですよ。だから古典くらいお読みなさいと言ったでしょう、教養のなさは眉間《みけん》の皺《しわ》では隠《かく》せません」

な、なんという残酷《ざんこく》な。

グウェンダルが脂汗《あぶらあせ》を流す隣《となり》で、デンシャムは小瓶を摘《つま》んで無邪気《むじゃき》にはしゃいでいた。

「わーこれがホントにロメロの飲み薬なんだねえ。こんなものを実際につくれちゃうなんて、妹、きみってやっぱり天才だよぉ」

「わたくしも鬼《おに》ではありませんから、効能どおりに働けば、半年で効果が切れるように調合しました。つまり腐乱《ふらん》した肉体も、しばらく耐《た》えれば徐々《じょじょ》に代謝能力が元に戻り、血液が入れ替《か》わるのと同じ周期で、健康な魔族へと復活できる計算です」

「……じ、自分はそんな恐《おそ》ろしい薬を飲まされそうになっていたのですか」

高額報酬《ほうしゅう》だとはいえ、生きながらにして腐敗するのはごめん被《こうむ》りたい。ダカスコスは元女房に首を締められながら、今後一生賭事《かけごと》には手を出すまいと心に誓った。

グウェンダルは黒ずんでゆく腕の内側を、為《な》す術《すべ》もなく見詰《みつ》めていた。ほんの少し液体がかかっただけなのに、なにゆえ自分がこんな目に遭《あ》わなければならないのか……。ああ、腐ってゆく……私の大事な利《き》き腕が。見る見るうちに腐乱していく。

「なんですか、老人みたいに座り込んで。わたくしの調合した薬なのですから、当然治療《ちりょう》法も判《わか》っています。単なる右腕腐乱ではないですか。不幸な子犬でもあるまいに、そんな切ない目で見るのはおやめなさい！」

さながら右腕腐乱犬《フランケン》。

その後、フォンカーベルニコフ卿《きょう》デンシャムは、妹アニシナに二度と縁談を持ち込むことはなかった。

ダカスコスは今回の事件に懲《こ》りて賭事を控《ひか》え、借金は元女房の給料から、地道に返済することになったが、ずっと後に復縁《ふくえん》して王都に家を買うまで、アンブリンに頭が上がらなかった。

グウェンダルの腕は血が通い出すまでに二月かかり、その間彼は、ことあるごとに恨《うら》み言《ごと》を呟《つぶや》き続けた。

こうしてフォンヴォルテール卿グウェンダルは、幼馴染《おさななじ》みにして編み物の師匠《ししょう》、眞魔国三大魔女《まじょ》と恐れられるフォンカーベルニコフ卿アニシナと、命あるかぎり付き合い続けることが決まりましたトサ。

「閣下、旅先のコンラート閣下から絵葉書が届いています。お読みしましょうか？　メヒルサルの天下一舞踏会《ぶとうかい》で優勝しました……まあ、相変わらず舞踏もお上手でいらっしゃるのね」

「……何故《なぜ》こんなことに何故こんなことに何故こんなことに……」

互《たが》いにしばらくは言葉もなく、腕の鳥肌《とりはだ》をおさめようとさすっていた。

とっくに冷たくなってしまった紅茶を啜《すす》ってから、バドウィックがようやく口を開いた。

「素晴《すば》らしい話を聞かせていただきました」

ある意味では。

「素晴らしいでしょう?」

「確かに刺激《しげき》的、情熱的かつ危険で命がけ。グウェンダル閣下にとってはこの上もない悲劇。その先の皆様《みなさま》がどうなったのかを想像するだけでも胸が高鳴りますけれどもっ」

改めて飲み物を頼《たの》もうと、ギュンターが扉《とびら》を開けたときだった。

「申し上げます閣下!」

髪《かみ》も眉《まゆ》も綺麗《きれい》に剃《そ》り上げた中年の兵士が、長い剣《けん》を邪魔そうにしながら駆《か》けてきた。

「騒々《そうぞう》しいですよダカスコス」

「はっ、も、申し訳ありません。しかし骨飛族が、そのー、あのー」

編集者はよく動く瞳《ひとみ》を丸くして、スキンヘッドの男をまじまじと見た。

彼がダッキーちゃんということは、もしかして……頭皮を売ってしまったのだろうか。

実際には、修道の園での髪型《かみがた》が癖《くせ》になって、戻ってもそのままにしているだけなのだが。

「お待たせしました。どうやらアニシナの放った伝書骨飛族が、解読不可能な文字の羅列《られつ》を運んできたようで」

「いやしかし、アニシナ様は実にご聡明《そうめい》ですねえ！　ご自分の婚約《こんやく》話を破談にするために眞魔国三大悲劇を演出されるとは、㋮のつけどころ、いえ目の付けどころが違《ちが》いますけれどもっ」

バドウィックは舞台《ぶたい》上にいるみたいに両腕《りょううで》を広げ、眉を寄せて泣く寸前の表情をつくった。

「おおロメロ、あなたはどうしてロメロなの!?　ああたとえこの身が朽《く》ち果てて、骨地族の姿になろうとも、永遠にあなたを愛して愛して愛し続けるわー！　ってとこはわたしも号泣しましたけれども。がしーって抱《だ》き合うと腐れかけた腕の肉がぞろりと落ちるんですよねえ。ま、普通《ふつう》の魔族はどう頑張《がんば》ったって骨飛族や骨地族にはなれないってことを、アルジェントが知っていればよかったのですが」

「しかしどうにも私には、腐った死体や生ける屍《しかばね》になってまでも、一緒になろうという気持が理解できません。現代の風潮からすると奇妙《きみよう》な考え方が、古典では通説だったりするものですね」

「なるほど仰《おっしゃ》るとおりですけれども。しかし、しかしですギュンター閣下。こちらは確かにグウェンダル閣下の悲劇的な逸話《いつわ》なのですが、あまり恋愛《れんあい》味が濃《こ》く感じられないのです。情熱的な恋愛で読ませるというよりも恐怖《きょうふ》のあまり結末を聞かずにはいられないという、別分野の筋立てのように思われるのですが」

「恐怖」

腕が腐る病に冒《おか》されたグウェンダルを思い出し、ギュンターはぶるりと体を震《ふる》わせた。

「恐怖……そうですね」

「そこでですね、できたらもう少しご婦人方をうっとりとさせ、でもどこかホロリとして泣けちゃうような、いい男のちょっといい話的なものはありませんでしょうか。例えば陛下ご寵愛《ちょうあい》番付上位常連の、ウェラー卿コンラート閣下の逸話とか」

最新版でギュンター株が暴落していることを、バドウィックは確認《かくにん》していないのだろうか。教育係は不愉快《ふゆかい》さを押し殺し、平静を保って古い日記の赤い表紙を開いた。

「うっとり、ホロリ、コンラートですか」

決して本心を読みとらせない顔で、敏腕《びんわん》編集者は人当たりよく微笑《ほほえ》んでいる。よろしい。そうまで言うのなら、ウェラー卿の「いい話」を探しだしてあげましょう。けれどギュンターにも意地があった。

陛下とコンラートが親しくしている話など、絶対に聞かせてやるものですか。

「コンラートは嫌味《いやみ》なくらい女性にもてますからね。陛下との記述よりも他の方との色恋沙汰《いろこいざた》のほうが、ずっと多いと思われま……おや」

ギュンターの過去日記の中程から、数枚の紙片《しへん》が舞《ま》い落ちた。薄《うす》く黄ばんで端《はし》が折れたりしている。軽く十年は経《た》っているだろう。大小混ざった斜《なな》めの文字で、短い文章が書き殴《なぐ》られていた。

「何故《なぜ》私の日記帳に、心当たりのない書き付けが挟《はさ》まっていたのでしょう……どうもこれはコンラートの筆跡《ひっせき》に似ているような……何ですか……魔《ま》王《おう》は役者……なんですって陛下が役者ですってぇ!?」

「いえちょっと待ってくださいこの日付らしき数字の部分ですけれどもっ。頭の四字は恐《おそ》らく年号でしょうが……千九百……これはどこの暦《こよみ》でしょうか。魔族古来のものとはかけ離《はな》れていますし、標準暦ともシマロン暦とも一致《いっち》しません。ウェラー卿コンラート閣下の走り書きだとしても、この国でのできごとではないように思えるのですけれどもっ」

色あせた紙片を矯《た》めつ眇《すが》めつしながらも、ギュンターは一つの仮定をまとめていた。聞いたこともない暦の記し方と、ウェラー卿の走り書き。彼は今から十六、七年前に、この世界を離れたことがあるのだ。

「……もしかしてこれは、異世界での行動の記録なのでは」

「異世界と仰《おっしゃ》いましたですか!?」

文字どおり椅子《いす》から跳《と》び上がらんばかりに驚《おどろ》いて、小柄《こがら》な編集者はぽかんと口を開けた。自分達が生活している以外の世界など、誰《だれ》にとっても簡単に信じられるものではない。異空間の存在を受け入れるどころか、空想することさえ難しい。

だがバドウィックの瞳《ひとみ》は、好奇心《こうき》と長年培《つちか》った職業意識で、先への期待にきらめいていた。

「ウェラー卿が異世界にいらしていた時の、貴重な行動の記録なのですか⁉ 信じられないですわたしそんなもの目にしたことないですわたしどころか我が社の者誰《だれ》一人として、異世界の様子など想像もつきません！ どうなんですかすごいんですかあれなんですか、わたしにも読ませて欲しいのですけれどもっ」

「そう純粋《じゅんすい》に期待をされても、どれも断片的な情報でしかなく、完璧《かんぺき》に世界観を理解するにはコンラート本人に尋《たず》ねる他ありませんよ。どうしても挑戦《ちょうせん》したいというのなら、この断片をうまく繋《つな》ぎ合わせてみてもかまいませんが」

「つなぎあわせ？ みましょうみましょう」

こうしてギュンターとバドウィックは、この場にいないウェラー卿コンラートが記録したと思われる、最低限の走り書きを並べ直すことに没頭《ぼっとう》した。この作業が異世界への理解を深め、自らの起源を知る助けとなり、眞魔国《しんま》と地球の関係を一歩踏《ふ》み込んで考えるきっかけとなるかどうかは、彼等の導き出す結論にかかっていたのだが。

「む、コンラートときたら国外でも女性に対して優《やさ》しいのですね」

「うーん、もてもてなのも頷《うなず》けますけれども」

着眼点からして間違《まちが》えていた。

終わりよければ
すべてよし

私《わたくし》、フォンクライスト・ギュンターは、第二十七代魔王陛下の王佐《おうさ》であり、ユーリ陛下の教育係でもあります。ですから陛下の気高き御魂を、コンラートが異界へとお連れしたことは存じておりました。

だがしかしっ！　このような事実があったなどとは、露《つゆ》とも気付きませんでした！

衝撃《しょうげき》的です衝撃的です衝撃的ですッ！

ああどうしましょうどうしましょうそうしましょう⁉　そうって、どう？

もう、知らなかったでは済まされません……。

見し人の松の千年に見ましかば

遠く悲しきわかれせましや

俺は逃《に》げるかもしれません。貴方《あなた》がたの予想と期待を裏切って、姿を消すかもしれませんよ。それでも俺にこの役割を与《あた》えるというのか。他にもっと腕の立つ者もいれば、忠誠心の強い者もいるだろうに。

何故、俺が行かなくてはならないんだ。苦しむことは判《わか》っているのに。

右半身が異様に熱い。

特に、直《じか》に地面にくっついた耳と頬《ほお》が焼けるようだ。血管が破裂《はれつ》しそうに脈打って、同時に後頭部の痛みを思い出す。自分は熱された石の上に、死体みたいに転がっている。強《こわ》ばった指を恐《おそ》る恐《おそ》る動かすと、手の中に何もないことに気が付いた。

ああ、途中《とちゆう》で剣《けん》を落としたよ。

かまうものか。

口元に自嘲《じちよう》の笑《え》みを浮《う》かべたまま、彼はゆっくりと瞼《まぶた》を押し上げた。長いこと眠《ねむ》っていたらしく、乾《かわ》いた涙《なみだ》で睫毛《まつげ》が固まっていた。

武器がない。そんなことかまうものか。最初に通りかかるのが財布《さいふ》目当ての盗人《ぬすっと》であればいい、そいつに斬《き》られて命を落としても、俺は一向に困らない。剣を落としたのは幸いだった。間抜《まぬ》けな旅人に見えるじゃないか。

そういえば金なんて持っていたかなと、動くようになった右手で懐《ふところ》を探《さぐ》る。あったのは硬貨《こうか》でも紙幣《しへい》でもなく、ひんやりと冷たい瓶《びん》だった。

この、辛《つら》くて厄介《やっかい》で大切なものは、損《そこ》なわれることがなかったのだ。指先でそっと辿《たど》ってみるが、どこも欠けたりしていない。彼は複雑な溜息《ためいき》をつき、両肘《りょうひじ》を支えに身を起こした。

ぼやけた視界に入ってきたのは、夕陽《ゆうひ》色の乾いた空気と砂埃《すなぼこり》。ずっと続く黄色の砂漠《さばく》を横切って、灰色の道路が走っていた。所々ひび割れた路《みち》の中央に、以前は白かったと思われる線が引かれていて、彼はちょうどその上に、完全に丸腰《まるごし》で横たわっていた。爪先《つまさき》近くの地面から、空気の揺《ゆ》らめきが登ってゆく。

……スヴェレラ？

知った地名を口にしようとして、喉《のど》の渇《かわ》きに襲《おそ》われた。まともに声が出てこない。

遠くから地響《じひび》きに似た震動《しんどう》と、けたたましい進軍ラッパが近づいてくる。ぎょっとして背後を振《ふ》り返ると、黄色の巨大《きょだい》な箱が走ってきていた。

正面の窓には人の姿があったので、その男が操《あやつ》っているのだと判る。だが前を牽《ひ》く馬も牛もいないのに、もの凄《すご》い速度で突進《とっしん》してくる。慌《あわ》てて路面を転がって、間一髪《かんいっぱつ》で脇《わき》の砂地に逃げ延《の》びた。

見たこともないような装甲《そうこう》だ。恐らく最新式の戦車だろう。ということは、戦時中なのか？ 黄色い箱は彼のいた場所を通り過ぎ、離《はな》れた先でがくんと止まる。

なんだあれは!?　魔術か法術で動かしているのか？　ではこの地には魔術か法術に長《た》けた者が、いくらでもいるということだ。

大勢の軍人に取り囲まれると思ったが、小柄《こがら》な人影《ひとかげ》ひとつを残し、箱は再び走り去った。ちらりと目にした茶色の染《し》みが錆《さ》びだとしたら、全体が鉄でできていることになる。車輪は埃にまみれて灰色で、素材が何かは判らない。

小柄な影がこちらに歩いてきて、座り込んでいる彼を見下ろした。前だけが長い妙《みょう》な形の帽《ぼう》子《し》を被《かぶ》っている。よく熟した木の実に近い茶色の肌《はだ》と、半袖《はんそで》の簡素な服から突《つ》き出す細い四肢《しし》。背格好と表情のあどけなさからみて、四十から六十の間だろうか。魔族の成長は個人差が大きいから、確実な年齢《ねんれい》は判らない。

何より彼が驚かされたのは、覗《のぞ》き込んできた相手の瞳が、両方とも見事に黒かったことだ。いや瞳ばかりではない、睫毛《まつげ》も眉《まゆ》も帽子の脇から垂れた髪《かみ》も、全《すべ》てが完璧な黒だった。

信じられない！　ずっと魔族の中で生きてきたが、双黒《そうこく》の者と出会うのはこれが初めてだ。身体《からだ》に黒を宿した者は、純血魔族でも滅多《めった》に生まれないと聞く。眞魔国の長い歴史においても、一人か二人しか記録にない。

しかも巫女《みこ》達の言葉が確かならば、ここは魔族の領土ではないのだ。自分は重要な任を拝し、母国から異界へと送られたはずなのだから。

「誰？」

短い単語で話しかけられるが、こちらにはさっぱり判らない。黒髪の少年はしゃがみ込み、彼の目を見てもう一度言った。

「スクールバスには轢《ひ》かれなかったのに、どうして顔半分血だらけなの。なんで七月のエルサワイヨの、道の真ん中で寝《ね》たりするの？　しかもその、学校でビデオ見させられたシェイクスピアみたいな服。あんた舞台《ぶたい》の役者なの？」

語尾《ごび》の調子が上がり気味だから、きっと質問しているのだろう。だが彼には内容が理解できなかったし、自分の返事も通じるとは思えなかった。言葉が通じない以上、ここがスヴェレラである可能性は低い。眞魔国に隣接《りんせつ》する砂丘《さきゅう》の国々は、魔族と言語を同じくしている。

「あんた誰、どこから来たの？　フホウにニュウコクしてきたの？」

「コンラートだ」

名前を訊《き》かれているのかと思って、彼は嗄《しゃが》れた声で言った。

「俺の名前のことじゃないのか？　名前はコンラート。それでここは一体どこだ、俺はどの世界に迷いこんだ？」

「……スコットランドから来たの？　なのに英語が話せないのか」

「ああ、コンラッドでも、コンラートでも、どっちでも呼びたいように呼べばいい」

更《さら》に響《ひび》きの違《ちが》う疑問を投げてから、少年は不意に立ち上がった。コンラッドは自分が敬語を使わなかったから、相手が気分を害したのかと思った。やはり高い地位にいる魔族だったのか。

俺に腹を立てたのなら、捕《と》らえるなり斬るなりすればいい。

しかし日焼けした頬に浮かんだのは、怒《いか》りではなくて困惑《こんわく》だった。

「スペイン語も通じないんだね。やっぱり外国の人なんだ。来なよ、あんた顔面血だらけだし、こんなとこで寝てたら死んじゃうよ」

強引に腕《うで》を掴《つか》まれる。彼等は丸い立て札を後にして、太陽に向かって歩き出した。渇きのためにふらつく怪我《けが》人は、何度か前につんのめった。

先程と同じ種類の音と揺れが、あっという間に近づいてくる。鉄の車が彼等の脇に止まる前に、少年は自分の青い帽子を取り、背伸《せの》びして連れの頭に深々と被せた。

「ようカルロス」

「こんちは」

今度の箱は随分《ずいぶん》小さかった。大人二人が隣《とな》り合って乗れば、座席部分はいっぱいだ。後部は屋根のない荷台という設計になっていて、武器とも農具とも工具ともつかない、不格好な道具が積まれていた。

円形の車舵《かじ》を握《にぎ》った髭《ひげ》の男が、窓から頭を突き出した。

「今帰りか。となりの白人は誰《だれ》だ？　ここらじゃ見ない顔だよな」

腕を摑む力が強まって、少年の緊張《きんちょう》が伝わってくる。会話の内容は理解できないが、自分のことに言及《げんきゅう》しているのだろうと、コンラッドにもおおよその察しはついた。

「うちのお客だよ。連れてくとこ」

「そんな顔半分血だらけの男をかよ」

「……うちのお客だ」

男は唇《くちびる》を押し上げて顎《あご》に皺《しわ》を寄せた。それから親指で後ろを示し、窓から頭を引っ込める。

「……まあいい、訊かねーよ。荷台でよけりゃ乗ってきな。その足じゃこっから二十分はかかるだろ」

「ありがと」

汚《よご》れた荷台に上りながら、通じないのを承知の上なのか少年はこちらに囁《ささや》いた。彼があまりに途方《とほう》に暮れ、落胆《らくたん》しているように見えたのだろう。

「オーウェン兄弟は大丈夫《だいじょうぶ》だ。両親がニューヨークで順番を待ってるんだから、わざわざあんたに意地悪して、移民局に通報したりしないよ」

けれどコンラッドが呆然《ぼうぜん》としていたのは、男達に見咎《みとが》められたからではなかった。

彼は心底驚《おどろ》いていたのだ。

最初に遭遇《そうぐう》した少年のみならず、声をかけてきた品のない男達までもが、髪も瞳《ひとみ》も漆黒《しっこく》だ。双黒を珍重《ちんちょう》してきた眞魔国の一住人としては、驚愕《きょうがく》せずにはいられない。

こんな重そうな鉄の車を魔術で走らせているにしては、運転席の男達は気軽な様子で、大声で歌など唄《うた》っていた。同じ曲を二回繰《く》り返した後に、複数の建物が寄せ集まった小規模な街にたどり着く。

ざっと見たところ三階以上の屋根はなく、城や領主の館《やかた》はおろか砦《とりで》となりそうな建造物もない。辛《かろ》うじて最奥にある三角屋根だけは、頑丈《がんじょう》そうな扉《とびら》を構えていて、守りだけは堅《かた》そうだ。天に向かって突き立った木の十字は、この街の紋章《もんしょう》なのだろうか。

街の入り口にあたる白い小屋では、階段を上った板張りの床《ゆか》で、老人が揺り椅子《いす》に収まって眠っていた。髪も髭も眉も真っ白だ。あの外見から推測すると、ゆうに四百歳は超《こ》えているだろう。

少年は人目を避《さ》けるように、小走りで細い脇道《わきみち》に反《そ》れた。裏通りを少し行き、狭《せま》く薄暗《うすぐら》い小屋の裏口を入る。空気が乾燥《かんそう》しているせいか、日光が直接当たらない場所は外よりずっと涼《すず》しかった。

最初は厩《うまや》かと思ったのだが、鉄の車があったので、ようやく車庫だということが判《わか》った。民家にまで戦車が備えられているとは。街全体の脆《もろ》そうな外観は敵の目を欺《あざむ》く作戦だったのか。

「母さん」

奥に通じる扉《とびら》を細く開けると、隙間《すきま》から光が差し込んだ。壁《かべ》の向こうにはいくつかの椅子が並び、卓上《たくじょう》に飲み物と料理がある。客の姿は少ないが、恐《おそ》らく食堂なのだろう。

食堂の裏手に戦車。物騒《ぶっそう》というか用心深いというか。

「カルロス、どうしてガレージから……」

「倒《たお》れてたんだ、この人。頭から血が出てるし、言葉も通じない。それにスクールバスやピックアップを見たこともないらしいんだ。よほど遠い国から来たのか……それとも頭を打ったのかも。テレビみたいに記憶喪失《きおくそうしつ》なのかもしれない。父さん言ってたよね、この国で受けた親切を忘れちゃいけないって。弱い者は弱い者同士、助け合わなきゃ……」

「そのとおりよ」

早口でまくし立てる少年の肩《かた》を叩《たた》き、母親らしき女がこちらを向いた。襟足《えりあし》で緩《ゆる》くまとめた髪も、細い流線を描《えが》く眉も、逆光ではっきりとは確認《かくにん》できないが、この様子では両眼も黒だろう。ほんの短い時間のことなのに、価値観が変わってしまいそうだ。

「ちょっと見てて」

息子《むすこ》に店を任せると、女は怪我人を座らせて、住まいから古びた缶《かん》を持ってきた。彼女の指が額に触《ふ》れそうになったとき、コンラッドは反射的に身をかわし、懐《ふところ》に利《き》き腕を持っていった。預かり物を守ろうとしたのだ。

「銃《じゅう》を持ってるの!?」

自分の行為《こうい》が相手を驚かせたと気づき、ゆっくりと右手を元《もと》に戻す。この女が彼の役割を知るわけがないし、抱《かか》えている物の重要さも理解できないだろう。奪《うば》い取ろうというのなら、息子がとっくに試みているはずだ。

「大丈夫、あんたの怪我が治るまで保安官にも移民局にも言わないから。だから怪我を見せてごらん、可哀想《かわいそう》に右側は顎まで真っ赤だよ。目を開けていられるのが不思議なくらい」

清潔な布で表面の血を拭《ふ》き取ると、右眉を斜《なな》めに断《き》られていた。まだ傷口は開いたままで、すぐに新しい血液が滲《し》みだす。

傷が塞《ふさ》がっていないということは。

「そう長い時間は経《た》っていないのか……?」

断られた瞬間《しゅんかん》は憶《おぼ》えている。もちろん刃《やいば》の持ち主も。その直後に巫女《みこ》達の呪文《じゅもん》によって、眞魔国の外へと飛ばされたのだ。

「これはきちんと縫《ぬ》わないと、痕《あと》が残ってしまうかもしれない。あんたが社会保障番号さえ持ってれば、ちゃんとした医者に診《み》せてあげられるのにね」

客を送り出した少年が、水の瓶《びん》を渡《わた》しに戻ってきた。

「言葉が全然通じないんだ、名前を訊いても駄目《だめ》なんだよ。ねえあんた、ぼくはカルロス。母さんはキェシェだ」

自分の胸と女の肩を叩いて、カルロス、キェシェと繰《く》り返す。どうやらそれが彼等の名前らしかった。コンラッドは軽く頷《うなず》こうとしたが、転がってきた小さな影に気を取られ、それが自分の膝《ひざ》に激突《げきとつ》するまで動けなかった。

母や兄よりすっきりとした顔つきの女の子が、足にしがみついて嬌声《きょうせい》をあげた。まだ十二、三歳かそこらだろう。あまりにも笑いすぎて咳《せ》き込んでいる。

「妹のニッキー。三歳だ」

カルロス、キェシェ、ニッキー。それしか判らない。

食堂はそれなりに繁盛《はんじょう》している様子で、十五人はいればいっぱいの店内は、夕刻を迎《むか》えると喧噪《けんそう》に満ちあふれた。

キェシェは赤い格子《こうし》の布を腰《こし》に巻き、独楽鼠《こまねずみ》のように店内を動いていた。狭い厨房《ちゅうぼう》で作業をしていたと思ったら、皿と酒を手にして客の間をぬっている。息子のカルロスは注文を聞いて回り、その合間に住居にいる妹が危ないことをしやしないかと目を光らせていた。

車庫と厨房の境目に座ったまま、コンラッドはぼんやりと彼等を見ていた。

故国では双黒の者というだけで、十貴族以上の地位を約束されるというのに。

確かに魔族《まぞく》の領土を一歩出れば、身の危険もあるだろう。しかし国内で暮らす分には、労働などとは縁《えん》のない一生を送ることができる。なのにあの親子の働きぶりはどうだ。街の酒場の女将《おかみ》達と変わりがない。たとえ悪酔《わるよ》いした客に罵《ののし》られても、怒ることもなく接している。

もう数えることもやめてしまったが、客の中にも黒髪の者がかなりいた。国で最も一般的《いっぱん》だった金髪《きんぱつ》や自分と同じ茶髪の男も多くいたが、三人に一人は長い睫《まつげ》毛や髭まで黒く、肌《はだ》はよく焼けた麵麭《パン》の色をしていた。

「……ここはどこだ？」

誰にともなく問いかけて、棚《たな》に置いた小瓶《こびん》へと視線を戻す。戦車の近くなら安全だろうと、着替《きが》える際に懐から出したのだ。

食指ほどの高さの透明《とうめい》な瓶は、緑の輝石《きせき》で蓋《ふた》をされ、中央に青白い光を宿している。吸い込まれるような白の球は、夢でしか見られない雲の色だった。

これを渡すべき相手の存在する、地球という世界の果てなのか？

そうだとしたら、俺はこれからどこへ行き、誰に会って何をすればいいんだ。

磁器の割れる音がして幼い子供が泣きだした。床に散らばった破片を前に、カルロスが妹を叱《しか》っている。皿を洗っている最中に、妹の不意打ちを受けたのだろう。

母親が軽く眉《まゆ》を顰《ひそ》める。

「カルロス？」

「ニッキーには怪我はないよ、いきなりぶつかってきたんだ。だから僕も驚いて……」

「テレビに気を取られていたのね」

「……違《ちが》うよ」

コンラッドはゆっくりと腰を上げ、先程キェシェが持ってきた医療用具《いりよう》の缶を開けた。白く清潔な布の上にそっと小瓶を横たえる。

彼等は忙《いそが》しすぎる。

疲《つか》れきって脳がどうにかしてしまったのか、睡眠《すいみん》の恩恵《おんけい》には浴《よく》せそうにない。だったら少しくらい働いて、引け目なく食事をほどこされてもいいじゃないか。

兄妹の脇《わき》をすり抜《ぬ》けて、少々低すぎる洗い場の前に立った。この栓《せん》を捻《ひね》ると水が出て、海綿を泡立《あわだ》てる石けんはこの瓶だな。

「……大丈夫なの、その、傷は」

とりあえず肩を竦《すく》めてみせる。少年はそれ以上尋《たず》ねずに、妹を抱《かか》え上げて住居に回った。

「寝《ね》かせてくるよ」

厨房はいい具合に奥まっていて、客席からは背中を半分見られるだけだった。もっとも姿を見咎められて対抗《たいこう》勢力に狙《ねら》われたところで、惜《お》しがるような命でもない。

首を後ろに傾《かたむ》けると、斜め向こうに飼葉桶《かいばおけ》くらいの箱があった。男達の約半数はそちらに顔を向け、残りは骨牌《かるた》と他愛もない会話に興じていた。

誰《だれ》がどんな魔術を使って演出しているのか、箱の中では小さな絵が動いている。赤い帽子《ぼうし》の男が獲物《えもの》もいないのに棍棒《こんぼう》を振《ふ》ると、わっと大きな歓声《かんせい》がわいた。緑の上を違う制服の青年が走って行く。不格好で大きな手袋《てぶくろ》で転がる球を追っているようだ。

どういう内容の芝居《しばい》なのだろう。娯楽《ごらく》性に富んだ魔術師もいたものだ。

厨房に戻ったキェシェは一言だけ声をかけてきたが、通じないと悟《さと》ると黙《だま》って自分の仕事をした。注文を受けてから調理するのは簡単なものだけで、残りは開店前に仕込んであったらしい。豆と馬鈴薯《ばれいしょ》と玉蜀黍《とうもろこし》を使った煮《に》込みが多く、故国の料理より肉類が少なく思えた。

少年が戻ってもコンラッドは皿を擦《こす》り続け、洗う物がなくなると見様見真似《まね》で卵を焼いたりした。進軍時の野営で炊《すい》さん当番だった頃《ころ》を思い出し、潰《つぶ》した赤茄子《あかなす》を短い麵《めん》に絡《から》めてみたりもした。自分か子供が食べればいいと思ったのだが、借りた服に汁《しる》を跳《は》ねさせて後悔《こうかい》する。

若草色の電話の横に、調理師姿の写真が貼《は》られていた。

「父さんだよ」

玉葱《たまねぎ》の皮を剝《む》きながら、カルロスが少し寂《さび》しそうに言った。

「死んじゃったんだ、三年前にね」

通りに面した戸口の近くの席で、若い男が怒声《どせい》と共に椅子を蹴倒《けたお》した。

金色の体毛に覆《おお》われた太い腕《うで》で、女主人の胸ぐらを摑《つか》んでいる。キェシェは苦しげに顔を歪《ゆが》めているが、武器を取って抵抗《ていこう》しようとはしない。

「あいつら、また……」

乗り出す少年を押しのけて、コンラッドは大股《おおまた》で通路を抜けた。

双黒《そうこく》の者に手をかけるのは、その存在を我が物とすれば不老不死の力を得るなどという、馬《ば》鹿《か》げた流言に騙《だま》された、異国の愚者《ぐしゃ》と決まっている。

「手を放《はな》せ」

一応警告を試みたものの、どのみち言葉は通じないだろうと若者の腕を摑んで引き剝《は》がす。キェシェは喉《のど》を押さえて荒《あら》く息をつき、異国からの客人の胸に触《さわ》った。

「平気よ、平気。あんたは戻って」

「こっちの用は済んじゃいねぇんだぞ⁉　おいなんだこの包帯男は！　亭主《ていしゅ》を死なせただけじゃ物足りずに、今度ぁこんなガキまでたらしこんでんのか⁉」

自分と女主人のどちらを侮辱《ぶじょく》しているのかは判《わか》らなかったが、女性を罵る奴《やつ》を許すのも不愉《ふゆ》快《かい》だ。相手の腕をねじり上げ、そのまま扉《とびら》の外に投げ出した。そいつのことなどどうでもいいような顔をして、キェシェはコンラッドの服を引っ張り、押し殺した声で繰り返す。

「いいから！　早く、あんたは戻って。早く子供の部屋に隠《かく》れて！　すぐそこに保安官助手がいるのよ、見られたら通報されてしまう」

空はすっかり暗くなり、家々の灯《あか》りが道を照らしていた。

開いている店はここの他《ほか》に数軒《けん》だけで、角の雑貨屋らしき扉から紙袋《かみぶくろ》を抱えた青年がこちらに歩いてくる。顎《あご》には似合わない無精髭《ぶしょうひげ》を蓄《たくわ》えて、夜だというのに鍔広《つばひろ》の帽子を被《かぶ》り、胸に星までつけていた。

「なにかありましたか、奥さん」

「こんばんは、保安官助手。いえ特になにも。酔《よ》ったお客があたしに文句言っただけで」

「またあの連中ですか。ドラッグは所持していた？」

「いいえ、そんなこと知りません。あの人達はうちの料理にケチをつけたいだけなのよ」

キェシェはコンラッドを店に押し戻しながら、その場をどうにか取り繕《つくろ》おうとする。騒《さわ》ぎを起こした若者はやましいところでもあったのか、あっという間に姿を消した。無精髭の青年は新参者《しんざんもの》をちらりと見て、婦人にではなく本人に直接訊《き》いた。

「見かけない顔だな、どこから来た？」

「あの、今さっき着いたばかりで、うちで預かることになってるの。近くの街の子じゃないから、保安官助手も顔を知らないんだと……」

「本人に訊いてるんですよ、奥さん。それに今日の便の長距離《ちょうきより》バスでは、名簿《めいぼ》に知らない名前はなかった。問題がなければそれでいいんだ、さあ、名前と出身地は？」

「ヘクター！　このひと耳が……」

凄《すご》い速度で通り過ぎた水色の車が、不審《ふしん》な音と共に後退して店の前に止まった。開けた扉を乱暴に叩《たた》きつけ、痩《や》せた操縦者《そうじゅうしゃ》が転がり降りてくる。

あんな腕の兵士に戦車を与《あた》えるのは問題だな。コンラッドは無意識に呟《つぶや》いていた。

「いやー、迎《むか》えが遅《おく》れて申し訳なかったね」

突然《とつぜん》の訳知り顔の参入に、キェシェも無精髭も呆気《あっけ》にとられる。ただ当事者であるコンラッドだけは、何を言われているのかさっぱり理解できなかった。

白衣、眼鏡《めがね》、笑いじわ。

親指の長さだけ伸《の》びすぎた黒髪《くろかみ》を、後ろで軽くまとめているが、あまり効果がないらしく、頰《ほお》や額に後れ毛の束がかかっていた。実に邪魔《じゃま》そうで苛々《いらいら》する。

病的に痩せた白衣の男は、無精髭とキェシェをうまく言いくるめ、コンラッドを自分の車に乗せた。相変わらず言葉が通じないのに彼が黙って白衣の男に従ったのは、小脇《こわき》に抱えた桐《きり》の箱を開けて酷似《こくじ》した瓶を見せられたからだ。

蓋代わりの輝石こそ異なるが、中に輝《かがや》く光の強さと静けさは、疑いようもなく『魂』だった。

そう、魂だ。

様々な理由で一代の生を終えて、次の生を迎える無垢《むく》な魂。罪も穢《けが》れもすべてを消し去って、新しい人生を歩むべく、誰かの新しい生命となる、まだ誰のものでもない魂だ。

眞王《しんおう》の言葉によって任じられ、眞魔国軍人の一人であるウェラー卿《きょう》コンラートは、次代魔王《まおう》になるという貴重な魂を、遠い異世界まで運んできた。

ここが正しい終着点なのかどうかは、今のところ判らないが。

真《ま》っ直《す》ぐ走っている分には、思いのほか乗り心地のいい車だった。馬車特有の揺《ゆ》れも軋《きし》みもない代わりに、曲がるときは身体《からだ》ごと左右に倒《たお》されるが、これだけの速度を出せるのなら、ある程度の我慢《がまん》は仕方がないだろう。

「やーごめんね、いっつもスピード出し過ぎちゃうんだよねー。さ、狭《せま》くてなんだけど入って入って」

白衣の男は事務所らしき小屋の鍵《かぎ》を開け、壁《かべ》の突起《とっき》を押し上げた。途端《とたん》に天井《てんじょう》から白い光が降り注ぐ。

やはりこいつも魔術が使えるのだと、コンラッドは密《ひそ》かに肩《かた》を落とした。剣《けん》も魔力も持たないで、気軽に訪《おとず》れる国ではなかったのか。

塗《ぬ》り直された壁は薄青《うすあお》く、長椅子《ながいす》が二組並んでいた。ここにも例の絵の動く箱があったが、表面は灰色で音も光も発していなかった。奥の扉を押し開けると、続く小部屋はどこもかしこも真っ白で、棚と机とやけに高い簡易寝台《しんだい》があった。部屋中が薬品の匂《にお》いに満ちている。

「ここは診察室《しんさつ》。こう見えてもオレってば一応、ドクターだったりすんのね。って言っても通じてないかもしれないし、まず言葉をどうにかしなきゃいけないよねー」

さっきよりも一回りばかり小さめだが、白っぽい箱が机に置かれていた。背面には何本もの管が繋《つな》がっている。天辺《てっぺん》には三体の人形が、それぞれ等間隔《とうかんかく》で立っている。ずんぐりした甲冑《かっちゅう》姿の赤い奴は、いかにも縁起《えんぎ》が悪そうだ。恐《おそ》らく呪術《じゅじゅつ》の儀式《ぎしき》用だろう。

「あ！　触らないでよね、オレのゲルググ」

痩せすぎの男は大慌《おおあわ》てで隣《となり》の部屋に引っ込み、濃茶の荷を抱《かか》えて戻《もど》ってきた。現れたのは大《おお》袈裟《げさ》な耳当てだ。両耳にこんな重そうな物をつけていたら、冬の行軍はままならない。寒さを防ぐ道具ではないにしても、左側に垂れている紐《ひも》と棒は邪魔だろう。

白衣の男は笑いじわをいっそう深め、棒に唇《くちびる》を寄せてはっきりと喋《しゃべ》った。

「オレのガンプラ触んないでねっ」

それからこちらに耳当てを渡《わた》し、装着するようにと身振《みぶ》りで促《うなが》す。慎重《しんちょう》に頭に被ってみると左右の耳に触《ふ》れた途端、立て続けに数十種類もの言語が流れ込んできた。

「うわ」

「あれ、だめみたい？」

反射的に装置を外した相手を見て、男はがっかりしたようだ。問題が解決すると思っていたのだろう。

アニシナの発明品みたいな奇天烈《きてれつ》な物が、見知らぬ土地にもあったなんて。

「じゃあしょうがないね。ちょっとこの診察台の上に座って。それからもいちどヘッドホンを着けて。あ、きみの大事な預かり物は、ちゃんと枕元《まくらもと》に置くからね」

すべてを身振りで知らせるので、創作舞踊《ぶよう》みたいな動きになる。ここで対抗しても仕方ないと、コンラッドは支持されたとおりに簡易寝台に腰《こし》を下ろし、不格好な耳当てを再び装着した。

「レッスン1！」

白衣の男が紐を箱に繋げると、いきなり元気のいい女性が話し始めた。

「はろーはうあーゆー？　こんにちはお元気ですか？　あいむふぁいんさんきゅー。ありがとう私は元気です」

「一晩かけてみっちり英語を学んでもらうねー」

次第《しだい》に大音響《おんきょう》になってゆく。頭のどこかが割れそうだ。それでも女声は容赦《ようしゃ》しない。

「あいあむぴーたー。私はピーターです。あーゆーぴーたー？　あなたはピーターですか？」

やめてくれ、のーあいむのっとピーターだ！

こんなことが眞王の御意志だというのですか⁉

次代の魔王陛下となる御魂を、この俺に異世界まで運ばせることが？

銀の髪《かみ》を磨《みが》き上げられた床《ゆか》まで垂らし、眞王の巫女《みこ》は表情のない瞳《ひとみ》で言った。唇は確かに微笑《ほほえ》んでいるのに、彼女は優《やさ》しさのかけらも見せない。

「この魂を次代魔王にとお決めになったのも、陛下の御力さえ及《およ》ばぬ遠い異界で育《はぐく》むようにと仰《おつしや》ったのも、眞王陛下の御心です。ウェラー卿コンラート、あなたにこの任を与えることも、陛下御自身のお言葉なのです」

何千年も前に死したはずの存在なのに。

コンラッドはちらりと浮《う》かんだその疑問を、意志の力でうち消した。誰もが一度はそう疑う。とうに逝去《せいきょ》された眞王陛下が、なにゆえ今も国家に言葉を送れるのか。

「いいえ、疑うことは罪ではありません。あなたのように心に傷を負い、気持ちの揺れているときにはなおさら信じがたいでしょう。もう亡くなられた陛下の御心を、私たちがどのようにしてお聞かせ願うのか、教えてあげられればよいのですが」

巫女の口調は穏《おだ》やかで平淡《へいたん》で、声のどこにもいたわりはなかった。

「たとえあなたが陛下の存在を疑っても、私たちはこの魂をあなたにあずけます。それが眞王の御意志であり、たったひとつの正しい道ですから」

曇《くも》りない大理石の表面には、彼自身の姿が映っていた。生きる勇気も死ぬ決意もなく項垂《うなだ》れ

て、悲しみと後悔《こうかい》しか感じられない惨《みじ》めな自分。

そういえば怒《いか》りという感情も、久しく味わっていなかった。

「……俺は逃《に》げるかもしれません。貴方《あなた》がたの予想と期待を裏切って、これを抱えて逃げるかもしれませんよ。或《あるい》いは瓶《びん》を岩に叩きつけ、揺らめく光を取りだして、俺の望みの者に与えることもできる。そしてその子供を思うとおりに育て上げ、魔王としての絶大な力を操《あやつ》って、この国を覆《くつがえ》すことも不可能じゃない！」

「彼女の魂を抱《だ》き締《し》めて、自ら命を絶つこともできますね」

銀の髪の一房《ひとふさ》も動かすことなく、少女は無感情に微笑んだ。

「そうしたいのなら、おやりなさい。私たちは眞王陛下のお言葉を、あなたにお伝えするだけです。陛下の存在を疑わしく思うのでしょうが、過去に巫女でない者が何人も、陛下のお声を聞いていますよ」

俺は聞いていない。

「そう、眞王陛下はフォンウィンコット卿ともお会いになりました」

首を上げるには勇気が足りなくて、コンラッドは自分の姿を見続けた。

「スザナ・ジュリアは亡くなる前に、陛下と短く言葉を交《か》わし、自らの魂が次代の魔王となることを、快く受け入れたと聞いています。ただひとつ、彼女が望んだのは……」

大理石に映った人影《ひとかげ》が、ぐらりと大きく傾《かたむ》いた。コンラッドは冷たい石に膝《ひざ》をつき、傷の残る両手で顔を覆《おお》った。

「……スザナ・ジュリアの魂をあなたにあずけること」


「じゅてーむもなむーるぴーたーぁ」

大声での愛の告白に、コンラッドは悲鳴をあげて飛び起きた。

「あ、ごめんごめん。なんかゲティスバーグからいきなり人権宣言になって、そっからフランス語になっちゃったんだよね」

「フランス語？　フランス共和国、国土約五十四万四千平方キロメートル、人口約五千六百万人、首都パリ、西岸海洋性気候……なんだこれは!?」

「すごいやさすがにNASAブランドだ！　一晩でネイティブスピーカーだね。本当はエイリアン用だけど、この調子なら人間にも有効かな」

窓の外はすっかり明るくなり、診察室の空気も暖まっていた。砂漠《さばく》の昼夜は温度差が激しい。これから昼にかけて気温が上昇《じょうしょう》し、やがては暑さに悩まされるのだろう。

コンラッドは枕元の缶《かん》の蓋《ふた》を開け、預かり物が収まっているのを確認《かくにん》した。部屋の中をじっくりと見回して、続いて自分の両手両足を見詰《みつ》めてみた。それからやっと目の前の白衣に焦《しょう》点《てん》を合わせ、男の笑いじわに感心した。

「……いつでも機嫌《きげん》がいいんだろうな」

「やっぱりきみ英語が話せるようになってるよ！　すごいなーオレの言葉も判《わか》ってる？」

「……あなたはピーターですか？」

「いやいやいやピーターじゃありません。オレはホセ・ロドリゲスです。ノボリベツではありません、ロドリゲスです」

「こんにちは、ロドリゲスさん。ご機嫌いかがですか。私はウェラー・コンラートです……これいつまで続ければいいだろう」

ロドリゲスは眼鏡《めがね》を押し上げて、デスクにあった数枚の書類を確認する。

「あれ、コンラートがセカンドネームなの？　ごめん手違《てちが》いでコンラッド・ウェラーになっちゃってるよ。でもほら社会保障番号ないと不便だろうから、事前に手を回してIDを作っといたんだけどね。ああそれからこれは当座の滞在費《たいざいひ》と、アメックスのゴールドカード」

「あんたは誰《だれ》なんだ？　どうして俺と同じ物を持っている？　どうして俺のことを知っていて、何故《なぜ》あんな魔術《まじゅつ》を使えるんだ？」

「うん、元気でてきたね」

病的に痩《や》せた医師は勝手に納得《なっとく》し、時代物のパソコンの電源を入れた。

「オレとしてはとりあえず朝食を摂《と》らせたいところ。寝《ね》てる間に目の横の傷は縫《ぬ》ったけど、かなり出血していたし、もう一センチ左にずれてたら、確実に失明してたんだよ。そうなってたらここではどうにもできなかった。オレはこの街唯一《ゆいいつ》のドクターで、当診療所《しんりようしよ》の責任者だけど、ここには最低限の設備しかないし、オレの専門は外科じゃないからね。さて、きみの疑問を解決しようか。まず、ここが何処《どこ》か知りたいだろう。これを見て」

立ち眩《くら》みを起こしかけたコンラッドは、手近な椅子《いす》に倒れ込んだ。ちょうど医者と患者《かんじゃ》の位置関係になる。ロドリゲスはディスプレイの中央を指差した。

「これが地球の平面図、でここにあるのがアメリカ大陸。いいかい、ぐーっと寄ってみるよ。はい、これが合衆国ニューメキシコ州、のぎりぎりメキシコ近くにこの街、エルサワイヨです。判ったかなー？」

「もしかして専門は小児科かな」

ロドリゲスは両手を打って大袈裟に驚《おどろ》き、笑いじわをますます深くした。

「今のはオレの心を読んだんだね⁉　すごいや異世界の魔族はホントに魔術が使えるんだ」

「魔術が使えるのはそっちだろ」

「何が？　物を動かしたり耳で字を読んだりできるのは、魔族じゃなくて超《ちよう》能力者だよ。世界中で地道に生きてるオレたちみたいな魔族は、みんな健気《けなげ》に頑張《がんば》ってるんだよ」

ええ⁉　ではあの最新式戦車は何だ？　絵の動く箱や目映《まばゆ》い灯《あか》りはどうやって……。ダムが決壊《けつかい》したみたいに、脳にデータと理論が流れ込んできた。ああ自動車、ああテレビ、ああ電気。フォード、日本人、エジソン、アインシュタイン、グラハム・ベル、本田宗一郎《そういちろう》……何が何やら。

「コンラッドしっかりー」

「……あんたが地球の魔族だってことだけは、しっかり確認しとかないと。髪も瞳も黒いということは、相当高い地位の貴族なんだな」

「またそういう人種的偏見《へんけん》に凝《こ》り固まったことというー。よくないよ人を見た目で判断するの。オレは全然庶民だし、それ以前に魔族に階級なんてないからね。地球上の人間は黒髪が最も多いんだし」

「人間!? ここは魔族の国じゃないのか」

「だからここはアメリカ合衆国だよ。あらゆる人種の集《つど》う土地」

当然といえば当然のことだが、NASAから授《さず》かったデータの中には、地球における魔族の生態は欠落していた。いちから教わるとまた一晩かかりそうなので、必要そうな部分だけ聞かせてもらう。

魔族だけが集まった国家は存在しないこと。彼等は世界中に散らばって、ごく普通《ふつう》の人間として暮らしている。そうやって生きていけるのは、地球の魔族に特筆すべき能力が備わっていないためだ。少しばかり運動神経が良かったり、何かの分野に秀《ひい》でた才能を示したりはするが、大半はやや長命な傾向《けいこう》がある程度で、外見も能力も多くの人間と大差はない。

「自分が魔族かどうかなんて、一生気付かない人もいるんだよ。オレの場合は母親がカミングアウトしてたから、子供の頃《ころ》から知ってたけどねー。長生きをして経験を積んだ魔族には、相手がどうなのか一目で判るんだってさ。きみのこともゲート脇《わき》のジャステンさんが、毛色の違《ちが》う魔族がきたぞって教えてくれたんだよ」

「ああ、あの四百歳は超《こ》えていそうなご老人。彼は人間ではなく魔族なのか……」

ロドリゲスはいかにも可笑《おか》しそうに、ペン先でデスクを突《つ》きながら言った。

「ジャステンさんは八十二歳だよ」

「……待てよ俺よりも年下ってそんな……」

「きみはそんなに生きてるのかぁ！　どう見ても男前な高校生だけどねー」

言葉にできないショックを受けているコンラッドに、追い打ちをかけるように医者は言った。

「きみが昨夜世話になったオルテガさんちのキェシェとカルロスは、れっきとしたメキシコ系移民の人間だよ。だから彼等にきみの使命をうち明けても、多分理解してくれないと思うな。いやいやいやいや待てよそれどころじゃないや。魔族だなんて絶対に言っちゃ駄目《だめ》だ。この辺の皆は敬虔《けいけん》なカトリックだから、魔族と聞くと角のある悪魔《あくま》を思い描《えが》いちゃうんだ。悪魔はイメージ悪いからねー、実際に悪いこといっぱいしたらしいし」

「……眞王は、そんな土地にジュリアの魂《たましい》を送り込めと……？」

丸めた背中をひょいと伸《の》ばし、ロドリゲスは鍵《かぎ》のかかった抽斗《ひきだし》から昨夜見た桐《きり》の小箱を出した。紅い輝石《きせき》で蓋をされた小瓶《こびん》では、特有の青白い光を発し続ける完璧《かんぺき》な球体が休んでいた。

「きみんとこは元ジュリアさんていうんだね。この人は元クリスティンさんていうんだけど、わけあって今オレが預かってる。本当は前の生が誰だったかなんてややこしいことは、一切残らないはずなんだけど……どうやらお互《たが》い特別らしいね……。いずれにせよオレのお仕事は、きみをボブに引き合わせて、元クリスティンさんを一緒《いっしょ》に渡《わた》せばそれで終わり。ところがねえ、ボブは急遽《きゅうきょ》コスタリカに飛んじゃって、一週間ばっか帰ってこられないんだ。魔王ともなるとビジネスも大変でね。分身の術とかいう魔術が使えたらなーっていつも言ってるんだよ」

まああれは魔術じゃなくて忍術《にんじゅつ》なんだけどね。

点滴《てんてき》をしたがるロドリゲス医師から解放されたのは、すっかり日も高くなってからだった。

ボブと呼ばれる地球の魔王が帰国するまで、この街で時間を潰《つぶ》すことになるらしい。それにしても魔王陛下をボブ呼ばわりとは、随分《ずいぶん》フランクな地下組織だ。

「フランクなんて言葉が自然に浮《う》かぶとはね」

ドクター曰《いわ》くネイティブスピーカーに、着々と近づきつつあるということか。

診療《しんりょう》室に居座るわけにもいかないので、ふらふらと歩いて街へ向かう。とりあえず何かを腹に入れて、それから宿のことを考えよう。ドクターは診療所に寝泊《ねと》まりしていて、そこに滞在するよう言ってくれた。エルサワイヨは小さな街なので、ホテルもモーテルもないそうだ。

オレはゲイじゃないから安心してねー、とご丁寧《ていねい》に説明つきだったが、彼が同性に興味を持っていないことは、壁《かべ》の美少女ポスターでよく判った。しかも五枚。

メインストリートまでは歩いて五分ほどで、額に傷を負った八十歳代にもどうにか行き着ける距離《きより》のはずだったが、焼け付く日射《ひざ》しと砂埃《すなぼこり》は容赦《ようしゃ》なく体力を奪《うば》いにかかった。

逃《に》げるように中央の通りを逸《そ》れて、多少は影《かげ》のある裏手に歩を進めた。見覚えのあるガレージと戦車に引き寄せられ、涼《すず》しげな建物の中に入る。コンラッドは、滑《なめ》らかな車体を撫《な》でて独りで笑った。防御《ぼうぎょ》力高そうだと思ったのに、日常の移動の足だとは。

「誰か居るの？」

昨日は単なる音にしか聞こえなかったキェシェの声も、今日は言葉として流れてくる。コンラッドの姿を認めると、女主人は転がるように駆《か》け寄った。開け放された扉《とびら》の向こうには、ランチタイムの長閑《のどか》なレストランが広がっていた。

「あんた大丈夫《だいじょうぶ》だったの？　誰にも何もされなかった？」

肩《かた》を摑《つか》んで離《はな》さない。必死な様子に、失礼だとは知りつつも思わず苦笑《くしょう》してしまう。

「昨夜は、面倒《めんどう》なことに巻き込んでしまって」

「いいのよそんなこと……あら言葉が」

「記憶《きおく》が戻《もど》ったんですよ」

咄嗟《とっさ》の言い訳だった。

「ドクター・ロドリゲスに会うために来たんだけど、途中《とちゅう》でカードも財布《さいふ》も盗《ぬす》まれてしまって。

やむを得ずヒッチハイクして止めた車が、あろうことかゲイのドライバーでね。迫《せま》られて困って走行中に逃げ出したら、頭を打って一時的に記憶喪失《そうしつ》」

心の中で、どうだ！　のガッツポーズ。インプットされたデータ集から、今時のアメリカ事情を汲《く》んだ嘘《うそ》をついてみた。

「いい人はいい人だったんですけどね」

「まあ……そんな」

「けれどロドリゲス医師とNASAのおかげで、記憶もカードもしっかり取り戻せました」

「まあ……宇宙の力ってすごいわね……」

複雑な表情なのは何故《なぜ》だろう。

「そうだ、ねえ名前も思い出したの？」

先程学んだ勘定法《かんじよう》によれば、この女性は恐《おそ》らく三十歳代だ。昨日は年上だと信じていたが、実際には相当年下だったわけだ。答えようとするコンラッドの膝《ひざ》に、子供が全力でぶつかってきた。顔中を笑いでいっぱいにしてニッキーが超《ちよう》高音域の奇声《きせい》をあげる。

「コンラッドー！」

「ニッキー、なんで知ってるの⁉」

「ジャステンさんにおしえてもらたーっ」

店の中央のテーブルでは、ご老人が眠《ねむ》りながら手を振《ふ》っていた。

パンと卵の載《の》ったトレイを右手に持ち、左手には老人のためのビール瓶《びん》を持って、コンラッドは彼に近づいた。

「俺を見つけてくれたそうですね」

ジャステンは片目を僅《わず》かに上げて、緑のガラスを確認《かくにん》する。霜《しも》をゆっくりと親指で拭《ぬぐ》いとり、年寄りらしくちびりと一口飲んだ。

「まあ長いこと生きとると、毛色の違《ちが》いくらいは判るようになるもんよ」

「俺はあなたよりも年上ですが、この街全員魔族なんだと信じてました」

「そーりゃまた」

老人は入れ歯も外れそうな勢いで笑った。

「無駄《むだ》な長命もあったもんだな」

「辛辣《しんらつ》だね」

「ま、長く生きても短命でも、死ぬまでにできるようになりゃあまずまずよ。最後までできねえまんま終わっちまうと、未練が残っていい魂に戻れないからよ」

「未練?」

「ああ」

二口目のビールを大きく呷《あお》り、ジャステンは閉じた両眼《りょうめ》を波形にした。

「誰《だれ》だって未練のひとつやふたつ持っとるだろ。それがあると死んでからまん丸な魂に戻れねえ。だから何一つ欠けたとこのない、まん丸で完璧な魂は滅多《めった》にないのさ。もしそれが運良く手に入ったら、それこそ大切に扱《あつか》わなきゃならんのよ」

胸を摑みたい衝動《しょうどう》にかられる。だがこの場でそんなことをすれば、自分が内ポケットに何を持っているか教えることになる。この老人はどこまで知っているのだろう。ロドリゲスと同程度に把握《はあく》しているのか？

「何のことを言っているんです」

真っ白くなった眉《まゆ》の下で、乾《かわ》いた皮膚《ひふ》が皺《しわ》の形を変える。傷の縫《ぬ》い痕《あと》が不意に疼《うず》いて、コンラッドは微《かす》かに顔をしかめた。

「死後のことさ」

気をつけな。下手に未練を残してると、完璧な魂に戻れなくなっちまうよ。

けどもしもまん丸で完璧なものが手に入ったら、それこそ大切に扱わなきゃならんよ。

「しかしまあ、昨日今日と嗅《か》ぎ慣れない匂《にお》いが続いて、年寄りの鼻ぁすっかり疲《つか》れちまったよ。

この街もだんだんと物騒《ぶっそう》に、騒々《そうぞう》しくなってきたもんよなぁ」

午後いっぱい店を手伝って過ごし、夜の喧噪《けんそう》の時間帯には、ベラベラになったイングリッシュで、客の注文まで承《うけたまわ》った。生まれて初めての仕事でも、やってみればなんとかなるものだ。もっともコンラッドの兄弟達なら、プライドが邪魔《じゃま》してとても無理だったろう。

自分の片親が人間で、貴族としてよりも庶民《しょみん》の近くで育ったことが、こんなところで役立つとは思わなかった。

食事や飲酒に訪《おとず》れた客は、赤と白のチェックのエプロン姿でオーダーを訊《き》きに来るコンラッドを、新しいパートタイムだとでも思ったようだ。普通《ふつう》ならテーブルに残していく僅かなチップを、彼のエプロンに直接落とす女性客もいた。

「この調子ならすぐに金持ちになれそうだよ」

少額の硬貨《こうか》をカルロスのポケットに入れてやり、コンラッドは笑いながら軽口をたたいた。

「この店を買い取ってオーナーにでもなろうかな」

「なってよ」

殊《こと》のほか真面目《まじめ》な返事をされてしまい、ステンレスのトレイを胸に抱《かか》える。少年は冷蔵庫からコーラの瓶を二本取り、片方を新人ウェイターに渡した。この国では清涼《せいりょう》飲料水まで黒いんだなと、甘い液体を口に入れる。甘いと感じるより先に、痺《しび》れる喉《のど》ごしを味わった。

「……あと三カ月で、この店は売りに出されちゃうんだ。母さんはきちんと家賃を払《はら》ってるのに、所有者が変わったら続けられるかどうか判らないんだ。ここと両隣《りょうどなり》を全部潰《つぶ》して、カジノつきのホテルを建てるんだってさ」

「キェシェはここを買い取る気はないの？」

カルロスは諦《あきら》めた様子で首を振る。

「全額即金《そっきん》でないと契約《けいやく》しないって言われてるんだよ。うちは移民だし父さんがいないから、最後まで支《し》払《はら》う保証がないとか言い掛《が》かりをつけて。貯金も担保も持ってないから、銀行もお金を貸してくれないんだ」

「銀行ってのは不親切だな」

「僕らにはね」

いっぱいになったゴミ箱をガレージから裏通りに運び、見上げた月の丸さに驚《おどろ》いて、コンラッドは胸のポケットから小瓶《こびん》を出して掲《かか》げて見た。

空に透《す》かして月と重ね、青白い球を確かめる。月光のほうが黄色かった。

「……完璧《かんぺき》な球体」

未練を残さなかった魂。

巫女《みこ》の言葉が真実ならば、ジュリアは命を終える前に、眞王陛下と話したという。

自らの魂が次代の王になることを、快く受け入れて死んだという。快く。

ただひとつの望みは。

「俺にこいつを運ばせること」

ジュリア、どうしてそんなことを望んだ？

俺がきみの死を悼《いた》まないとでも思うのか。

現実を思い知るための旅をさせるのが、きみの望んだことなのか？

きみのことなど忘れて生きられたら、心はどんなに楽だろう。いっそ最初から会わなければ。

あの日、母親に強《し》いられて、きみのドレスの感想を伝えに行かなければ。

辛《つら》い目にあうこともなかったのに。

「それは何？」

背後からの質問にも、彼は姿勢を変えなかった。

魔族《まぞく》であると迂闊《うかつ》にばらすなとは警告されたが、光の正体を隠《かく》せとは言われていない。コンラッド自身の判断では、子供になら知られてもかまわないだろう。

「これから生まれるものだ」

「……卵？」

「違《ちが》う。卵の中にこれがないと、卵はずっと生まれない」

「黄身？」

十二歳の真《ま》っ直《す》ぐな回答に笑《え》みが漏《も》れる。

「大切な人の魂だよ。ああ別に信じなくてもいい。アメリカ人には非現実的だろうから」

「墓に埋《う》めなくていいんだね。ずっと持っていられるの？　だったら僕も」

「ずっとは持っていられないよ。彼女ももうすぐ生まれ変わる……いや、もう彼女でも誰でもない。罪も記憶も消し去られて、今はただの真っ白な魂だ」

父親のことを思い出したのか、カルロスは夜更《よふ》かしの妹に視線を合わせた。

「父さんが運の悪い事故で死んで、すぐにニッキーが生まれたんだ。だから僕も母さんも、神父さんもね、生まれ変わりだなんて最初は思った」

控《ひか》えめなカウベルの音がして、店のドアが大きく開いた。戻《もど》らないとキェシェが独りで大変だろう。カルロスは身体《からだ》の向きだけを変え、妹から目を離《はな》さずに喋《しゃべ》り続ける。

「……でも違ったよ。だって父さんは男だし、ニッキーは女の子だったから。母さんより父さんに顔が似てるけど、やっぱり同じってわけじゃない。生まれ変わるとかそういうのって、うまくいかないもんだね」

「ほとんどは、そうだろうな」

「……ときどき、妹がうらやましくなるよ」

母親が息子の名前を呼ぶ。

「ニッキーは生きてる父さんに会ったことがない。どんな人だったかも知らないんだよ。あの子はまだ誰とも別れてないから、父さんを思い出して泣きたくなることもないんだ」

最初から出会っていないから。

「でも母さんはね、はーい今行くよ!」

ゴミのバケツを蹴飛《けと》ばして、カルロスは車庫に駆《か》け込んだ。境を突《つ》っ切って厨房《ちゅうぼう》に戻り、た

まった洗い物にとりかかる。コンラッドはスポンジにたっぷりと洗剤《せんざい》をしみこませ、フライパンにこびり付いた油を擦《こす》った。

子供はちらりとテレビを盗《ぬす》み見て、ゲームのスコアを確認《かくにん》する。

「でも母さんはね、逆だって言うんだよ。ニッキーは父親の顔を知らなくて可哀想《かわいそう》で、僕は父さんを憶《おぼ》えていられて幸せだって」

「そうなのか?」

「さあ。母さんはね、本当にすっごく辛いときに、心の支えになる人が三人いるんだって。僕とニッキーと父さんだよ。僕にも三人いるんだって。母さんとニッキーと父さんだって。父さんはもうこの世にいないから、父さんのために頑張《がんば》ろうとは思えないけど、一緒《いっしょ》だった頃《ころ》に教えてもらったことや励《はげ》まされた言葉を覚えてるから、心の支えになるんだってさ」

肘《ひじ》まで食器の泡《あわ》をつけ、大人びた表情で肩《かた》を竦《すく》めた。

「僕にはよく、判《わか》んないけどね」

「……きみたち人間は頭がいいな」

俺達の半分にも満たない寿命《じゅみょう》で、魔族よりずっと世界を知っている。

死によって別れた相手との折り合いの付け方も心得ている。

「地球が人間メインの世界になってる理由が、少し理解できた気がするよ」

世話になった青年医師が入ってきて、眼鏡越《めがねご》しに店中を見回した。誰かを捜《さが》しているのだろう。何人かの客にテーブルに誘《さそ》われて、なくなるくらいに両眼《りょうめ》を細めて辞退した。厨房にコンラッドの姿を見つけると、満面の笑顔で近づいてくる。

「ボブから連絡《れんらく》があったんだよ」

「いつ帰国するそうです？」

「らーいげーつ。コスタリカで一悶着《ひともんちゃく》あったんだってさ。魔王を怒《おこ》らせるなんて、度胸のあるビジネスマンもいるもんだよね」

「しっ」

親指でこっそり子供を差す。魔族のことは公言するなと言ったのは、エルサワイヨ生活の長いそっちじゃないか。

「んー？　経済界の魔王の話だよ」

「経済界の大物に知り合いがいるの？」

カルロスが真顔で訊《き》いてきた。

「だったら母さんにお金を貸してくれるように頼《たの》んでよ。お店をしっかり頑張って、借金した分は最後まで返すからさ」

「じゃあ俺が銀行家と知り合ったら、なるべく早く頼んでみるよ」

ロドリゲスは今度こそ声を潜《ひそ》め、顔を近づけて囁《ささや》いた。

「そうそう、あれ、の行く先候補が絞《しぼ》られたよ。中国と香港《ホンコン》と日本だ。元クリスティンさんは香港に住んでたからね、そっちに決まりやすいかもね。オレは一〇〇%日本支持だけど」

「この国じゃなく?」

「だって宗教観がユルい国のほうが、あとあと絶対に楽ちんだって。それに日本はすんごくいいよー? 大学ん時、北海道に留学してたんだ。ここの数百倍は寒いけどねー」

ジュリアの魂が新しく生まれる場所なのだから……いや、次代の魔王陛下が生まれ育つ場所なのだから、なるべく環境《かんきょう》の整った土地がいい。安全、衛生、教育、哲学《てつがく》、何もかもが充実《じゅうじつ》した国でなければ意味がない。

コンラッドはフライパンを磨《みが》き上げ、カルロスが格闘《かくとう》するナイフとフォークに手を伸《の》ばす。

俺はあの、誰《だれ》のものでもない魂を大切に抱えて、どこへなりと姿を消すのではなかったか。それとも岩に叩《たた》きつけて瓶《びん》を割り、浮遊《ふゆう》する光の球を前にして命を絶つとか、そういうことをするかもしれないと脅《おど》したのに。

そうしたいのなら、おやりなさい。

何もかもすべて、お見通しか。

「なんせ日本はさ……あっ」

鼓膜《こまく》も破れそうな爆発《ばくはつ》音で、ドアのガラスが吹《ふ》っ飛んだ。カウベルが狂《くる》ったように揺《ゆ》れているが、優雅《ゆうが》な音色は掻《か》き消されて届かない。

道路で巨大《きょだい》な火柱が上がり、すぐに黒煙《こくえん》と炎《ほのお》に様態を変えた。

客も店の者も一人残らず呆然《ぼうぜん》として、腰《こし》を浮《う》かせた半端《はんぱ》な姿勢で静止している。

「……オレの……ホンダ……」

ロドリゲスが真っ先に金縛《かなしば》りから逃《のが》れ、ガラスの散らばった床《ゆか》を蹴《け》って駆け出した。黒い煙《けむり》を上げているのは、彼の愛車だったらしい。綺麗《きれい》なスカイブルーだった頃の面影《おもかげ》はない。

「伏《ふ》せてッ！」

キェシェの金切り声がして、従う間もなく間隔《かんかく》の短い破裂《はれつ》音がきた。

コンラッドはカルロスの首を掴《つか》んで床に押さえつけ、低い姿勢でガレージまで移動した。泣き叫《さけ》ぶことも忘れているのか、ニッキーが目を見開いて立っていた。

「おいで。お兄ちゃんのところにいくんだよ」

これが初めて聞く銃声《じゅうせい》か。もっと単発式の悠長《ゆうちょう》なものかと思っていたが、剣《けん》と魔術《まじゅつ》ばかりの戦場しか体験していない身には、マシンガンだって大砲《たいほう》並みの脅威《きょうい》に感じる。

這《は》いつくばったまま腕《うで》を伸ばすカルロスに、幼女の身体を慎重《しんちょう》に渡《わた》した。年の離れた兄の腕に触《さわ》ってから、ニッキーは火のついたように泣きだした。

「キェシェ」

号令一過で、店内の連中は見事に平たくなり、頭を庇《かば》ってテーブルの下に潜《もぐ》っていた。子供達の方に行こうとばたつく女主人に、コンラッドはしゃがんだ状態で言ってやった。

「カルロスもニッキーもシンクの下だから大丈夫《だいじょうぶ》。それより連中は何者だ？」

モスグリーンのジープで通りを何度も行き交《か》い、奇声《きせい》を発してマシンガンを撃《う》ち続けている。時々、大きな爆発音があるのは、手榴弾《しゅりゅうだん》でも投げているのだろうか。

「昨夜も一人いたでしょ、未成年なの。よく薬をやってるの、鼻から吸うから腕に痕《あと》が残らないのよっ。酒やドラッグで酔《よ》っぱらって、ああやって恐《おそ》ろしいことをするの」

「ガラスはドア以外割れていないし、店内に弾丸《だんがん》も入ってこない。どうやら空砲《くうほう》か上に向けて撃ちまくっているようだ。そのまま伏せてたほうがいい、俺は医者の様子を見てくるから」

「危ないわ、保安官を」

「若く見えても従軍経験は豊富なんだよ」

剣と斧《おの》と弓くらいしかないような戦場だけどね。

連中が通り過ぎたすぐ後に、枠《わく》だけになった入り口を素早く抜《ぬ》けた。ロドリゲスは窓の真下にへばりつき、ぽかんと口を開いて自分の愛車を見詰《みつ》めていた。

「ドクター、ドクターってば。ロドリゲス！」

やっと瞳《ひとみ》に光が戻ってくる。

「あいつら……オレのホンダを……ああそれどころじゃないっ」

昨夜コンラッドを追いつめようとした保安官助手が、防弾《ぼうだん》チョッキに腕を通しながら走っていった。車という車はすべて爆破《ばくは》され、もう閉店した場所も何軒《けん》か燃えていた。夜空に立ち上る炎と黒煙。

「銃は空に向けて撃ってるんだ。人は狙《ねら》ってない。でも火炎瓶《かえんびん》、ガソリンだな。それを次々投げてやがるよ……また戻ってくるぞ」

「何人いた？」

「三人だ」

「よし。これを預かってもらえるかな」

「おい元ジュリアさんじゃないか!?」

「そうだよ。彼女は戦闘《せんとう》に慣れてないんだ」

ロドリゲスは笑顔《えがお》とは逆に眉《まゆ》を吊《つ》り上げ、コンラッドの服の袖《そで》を摑んだ。

「やめとけよ、保安官と助手がいるんだから」

「けどニッキーが泣きやまないんだ」

彼等はジープの横を走り、未成年を引きずり下ろそうとしていた。当然スピードについていけず、取り残されてやむなく銃を向ける。

「……どうも実戦経験が少なそうだな」

「エルサワイヨは平和な街だったんだよっ」

出立直前まで斬《き》りかかられていた俺とは違《ちが》うわけだ。

剣を落としたことを今になってやっと後悔《こうかい》した。知らず口元に笑みが浮かぶ。

おかしい。つい一日半前は、最初に通りかかった人物に斬り殺されてもかまわないと、自虐《じぎゃく》的なことを考えていたのに。このまま死んでも一向に困らないとまで、絶望していたはずなのに。明らかにおかしい。

おもしろい。

コンラッドは医師の愛車の残骸《ざんがい》から、手近な棒を引っ剝《ぱ》がした。ジープが通り過ぎるタイミングを計り、二段ステップでホンダの屋根から飛び移る。

運転している青年の首を踵《かかと》で押さえ、動きがとれないようにする。天に銃を向けていた金髪《きんぱつ》の若者の顎《あご》を、肘《ひじ》と拳《こぶし》で思いきり突き上げる。脳震盪《のうしんとう》を起こして一人がジープから落ちた。

火炎瓶担当の後部座席乗員は、車の残骸で顔を殴《なぐ》り倒《たお》した。

目を向けると運転者は抵抗《ていこう》をやめ、すでに両手を上げている。

「やめろ、ハンドルを離《はな》すなよ！」

気の毒なことにドクターの災難は、愛車を焼かれただけでは終わらなかった。

大慌《あわ》てで診療所まで戻《もど》ってみると、職場は劫火《ごうか》の中だった。

ポンプ車が懸命に延焼を食い止めてくれたが、彼の住居は炎に呑《の》まれ、もはや手の施《ほどこ》しようもない。

「オレのゲルググ、オレのズゴック、オレのジオングー！」

NASAのデータにもないような固有名詞を叫びながら、ロドリゲスはガンプラ救出のために燃え盛る家に戻ろうと大暴れした。細いくせにすごい力の手足を羽交《はが》い締《じ》めにし、コンラッドはどうにか彼を止めた。火事場の馬鹿力《ばかぢから》も初体験だ。

それにしても、車以外では診療所だけが全焼という事実を、偶然《ぐうぜん》で片付けていいものだろうか。魔族《まぞく》二人はそれぞれの守るべき小瓶《こびん》を握《にぎ》って、口数少なく店に戻る。

この街で唯一《ゆいいつ》の医師であるロドリゲスは、たとえ相手が自分の家財産を焼き払《はら》った憎《にく》きジャンキーだとしても、傷の治療《ちりょう》をしなければならない。

笑いじわが特徴《とくちょう》の人のいいドクターが、今にも泣きそうな顔つきで、若者の顎骨を触診《しょくしん》するのを見ていると、誰もが理不尽《りふじん》な気持ちになった。怒《いか》りを抑《おさ》えられそうにない者は、一人また一人と立ち去った。

保安官助手が無精髭《ぶしょうひげ》をいじりながら寄ってきて、包帯を巻いたままのコンラッドに言った。

「それは？」

「いやこれは、昨日から」

「ああそうだった、昨夜会ってるな」

参ったな、せっかくいいことをしたのに、こいつは身上調査をしようというのか。俺みたいに清廉《せいれん》潔白な魔族よりも、よからぬドラッグで家と車を焼いた未成年を調べろよ。

「あんなやりかたをどこで習った？　高校はどうした、行っていないのか。住所はどこなんだ、両親は？」

「母は健在で美人です」

ティーンエイジャーの模範《もはん》的な受け答えは、こんな感じでいいのだろうか。

「住所は遠すぎて。高校は行ってないけれど、ボーイスカウトに入ってたから、ジープの乗り方には詳《くわ》しいんだ」

脳震盪のマシンガン青年は、口から緑色の物をぶら下げていた。ロドリゲスがそれをむしり取り、彼らしくなく舌打ちする。

「また新しいのだよ。けど今時レトロに葉っぱ噛《か》むなんて。面倒《めんどう》くさがりのハイティーンとは思えないね」

保安官がビニール袋《ぶくろ》に保管する。彼等はカーゴパンツのポケットにも、同じ植物を詰《つ》め込んでいた。目立たないように一枚だけ拝借して、匂《にお》いと葉脈を確かめる。

どこかで……。

人垣《ひとがき》から少し離れた所に、腰の曲がりかけた老人が立っていた。街の入り口にいた老魔族だ。開いているのかどうかも怪しい目が、真っ白な眉の下で波形になる。

「ジャステンさん」

「嗅《か》いだことない匂いがすると思ったらば」

「……これは眞魔……俺達の住む土地で、呪《まじな》いに使われる植物によく似てる。似てるんじゃなくて、そのものかもしれないな」

老人は枯《か》れた肌《はだ》に皺《しわ》を増やした。

「そのものかもな」

「連中がどうやってこれを入手したのか、心当たりがありますか。例えば近くに自生しているとか……砂漠にあるとは思えませんね」

「この年寄りの鼻と目には、そいつはここいらの葉っぱじゃないように見えるね。信じようが信じまいが自由だが、この世界じゃ一度も嗅《か》いだことがない」

コンラッドはしばらく黙り込み、危険な植物を掌《てのひら》で弄《もてあそ》んでいた。この葉が故国から届いたというのなら、それは偶然なのか、必然なのか。後者だとしたら、誰《だれ》が、何を狙って？

ジュリアのものだった魂が新しい魔王《まおう》のために使われることを阻《はば》みたいのか。それとももっと狡猾《こうかつ》に、これを奪《うば》って選んだ肉体に命を授《さず》け、容易に操《あやつ》れる王として育て上げるつもりだろうか。

だとしたら診療所ごと焼き払うのは、目標物をも喪失《そうしつ》する危険が大きすぎる。

破壊《はかい》。

短い単語が脳裏に浮《う》かび、コンラッドは陰鬱《いんうつ》な気分になった。破壊と混乱が目的なのか。瓶《びん》の中身が失われれば、次代の魔王を亡くした眞魔国は混乱に陥《おちい》る。それを狙っての行為《こうい》だとした、任を全うする瞬間《しゅんかん》まで、この先ずっとつけ狙われる恐れもある。

可能性は低いかもしれないが、標的はコンラッドの小瓶ではなく、ロドリゲスの預かり物であるという線も捨てきれない。

いずれにせよ、警戒《けいかい》するに越《こ》したことはないだろう。何者かが目的を達するためには、大魔術士も一個小隊も必要ない。正気を失わせる呪《まじな》い用の植物と、操りやすい暴力的な人間で事足りるのが、この一件で証明されたのだ。

自然と口端が笑みに歪む。どこかで武器を手に入れなくては。

「……まん丸で完璧《かんぺき》な球体よ」

「え？」

老人は右目だけを僅《わず》かに開けて、コンラッドの銀を散らした虹彩《こうさい》を見た。

「死ぬ前に未練を残しとると、完璧な魂に戻れないのよ。心残りをしないように、自分の死後の先の先まで見通せる力が、完璧な魂の前の持ち主には必要なんさ」

「ジュリアが」

自分の死後の先の先まで見通して？

「なんかすっかり元気になったねコンラッド」

こちらは肩《かた》を落として力無く、医師が治療を終えて戻ってきた。白衣も聴診器《ちょうしんき》も燃えてしまったので、今となっては彼も着のみ着のままだ。

「オレのNASAが少しは役に立ったのかなー」

「ドクター、俺はここを離れなきゃいけないと思う」

「はあ。でもきみを無事にボブんとこまで連れて行くのが、オレに与《あた》えられた仕事だからね。迂闊《うかつ》に知らない土地に行かせちゃって、行方《ゆくえ》不明にでもなられたら困っちゃうよ」

　ゲルググを焼かれたことがショックなのか、陽気な笑いじわにも深さがない。

「コンラッド！」

　何度も名前を呼びながら、カルロスが全速力で走ってきた。

「良かった！　新しい怪我《けが》はなさそうだね」

「新しい怪我って」

　コンラッド・ウェラーは苦笑《くしょう》して、額の包帯を手で押さえた。

「あんな恐《おそ》ろしいことをして、って、母さんがすごく心配してる」

「キェシェは世話好きで心配性《しょう》だな。きみのお母さんは素晴《すば》らしい女性だよ」

　子供は当然という顔をして、新人ウェイターのエプロンを引っ張った。

「帰ろう。ニッキーも待ってるよ」

　砂の土地の早い朝が、今にも始まろうとしている。ろくに植物もない地平線と、岩だらけの山の間から、オレンジの光の先端《せんたん》が筋になった。

　夜の間に描《えが》かれた紋様《もんよう》を、最初の風が消してゆく。

コンラッドはチェックのエプロンの紐《ひも》を解《ほど》き、簡単に畳《たた》んでカルロスに渡《わた》した。

「俺は行かなきゃならないよ」

「どこへ？」

「判らない。人に会って、話して、預かったものを渡さなくてはならないんだ」

概《がい》して子供は大人よりも聡《さと》い。それ以上何も言わなくても、少年はすべてを理解していた。

「あの魂だね」

「そうだ。約束したんだよ」

「わかった」

カルロスは大きく頷《うなず》いて、真剣《しんけん》な面持ちで気をつけてと加えた。

「砂漠の道の真ん中で、スクールバスに轢《ひ》かれたりしないようにね」

「そうするよ。キェシェとニッキーにもさよならと伝えてくれ。ああそれから、もし銀行家と知り合ったら、きみの母さんに融資《ゆうし》するよう強く勧《すす》めておくから」

「ありがとう……コンラッド」

ほんの数秒、腰《こし》に抱《だ》き付いたカルロスは、すぐに離れて精一杯《せいいっぱい》の背伸《せの》びをし、自分のキャップをコンラッドの頭に無理やり載《の》せた。

「日射病で倒れたら困るから」

「ああ……」

礼と別れをしんみりと告げる間もない、却《かえ》って辛《つら》いと知っているから、子供は振《ふ》り返りもせずに全速力で、家族の元へと帰っていった。

「だからってなんでバスの出発時間まで待てないのー？」

内ポケットに入れた小瓶以外、車も荷物も馬もなかった。彼等はひび割れたアスファルトを、息も絶え絶えに歩いてゆく。

とはいえ息が上がっているのはロドリゲスだけで、先陣《せんじん》を切ったコンラッドのほうは、一昨日よりずっと元気だった。

そのせいで自然と健脚《けんきゃく》になり、ますます後ろと差がついてしまう。

「なにもあんたが一緒《いっしょ》に来る必要はないんだけどな」

「だってー、オレの仕事はきみをボブに引き合わせてー、そのとき一緒にクリスティンさんも渡すことなんだよ。それをきみだけ放りだして、事故にでも遭《あ》わせたらどうすんのー」

「けど」

ミッドナイトブルーのキャップの鍔《つば》に指をやり、コンラッドは立ち止まって振り返る。

「エルサワイヨには医者が一人しかいなかったのに、あんたが来ちゃって平気なのかな」

「あー、どうせ明日になればカトリック教会側から派遣《はけん》されてくるよ。それでも診療所《しんりょうしょ》は全焼しちゃったから、とりあえずミサのついでに診察とかすることになるよね」

「それにしても……誰がどんな目的で……」

「やめやめ。暑いときに難しいこと考えても、正しい判断はできないもんだよ。ねえやっぱここでこのまま長距離バス待って、涼《すず》しい車内でゆっくり眠《ねむ》っていかないー？」

「こんなとこでぼーっと突《つ》っ立ってたら、それこそ渇《かわ》いて倒《たお》れるよ。それにスクールバスに追い越されたら、なんかちょっと気恥《きは》ずかしいじゃないですか」

六時を回ったばかりだというのに、遮《さえぎ》る物のない砂漠の日射《ひざ》しは容赦《ようしゃ》なかった。ここを通過する長距離バスは極端《きょくたん》に少ない。午前と午後の二本だけだ。

「とりあえず、どこを目指せばいいんだろ」

「はー、えーと、サンタフェに魔族《まぞく》の連絡員《れんらくいん》がいるから、まずそこに行って、事情を説明しよう。その前に一番近い街のラスクルーシスに着かないと。このままじゃ乾上《ひあ》がって死んじゃうからね……そこからボブに連絡を取ってもらって……そうはいってもオレは一セントも持ってないんだけどねー」

「俺はアメックスだけどね」

昨日初めて持ったばかりのゴールドカードを、目の高さに掲《かか》げてみせる。反射した陽光が直接ロドリゲスに当たり、朝日を浴びた吸血鬼《きゅうけつき》みたいにくずおれる。

「暑い」

「しっかりしろよ、合衆国生まれの合衆国育ちなんだろ」

遠くから絶好調なエンジン音が近づいてきて、しゃがみこむ医師と腕組《うでぐ》みをする旅人の脇《わき》で止まった。

赤のトヨタ、ピックアップトラックだ。

「ようドクター」

「ようコンラッド」

嬉《うれ》しい驚《おどろ》きを隠《かく》しながら、コンラッドはオーウェン兄弟に片手を挙げる。

「こんちは」

眉毛《まゆげ》が濃《こ》く、髭《ひげ》も長いドライバー席のほうが、窓から顔を突き出した。

「こんな時間からどこ行くんだ。女と問題でも起こして、夜逃《よに》げならぬ朝逃げか？」

「女なんていないよ」

「ふん、キェシェとはいい雰囲気《ふんいき》だったじゃねーか」

彼等の目には年上の女とティーンエイジャーに映っていたのだろうが、実際は八十過ぎの男と、超《ちょう》年下の若い女だ。恋《こい》に落ちる確率は低い。

「……ふん、まあいいや、訊《き》かねーよ。アルバカーキまで行くんだが、後ろでよけりゃ乗せてってやってもいいぜ？」

喜色満面のロドリゲスに舌打ちし、親指で後ろの荷台を示す。

「……そのドクターのご様子じゃ、一番近いラスクルーシスまでも保《も》ちそうにねえや」

「ありがとう」

さっきまでの怠《だる》そうな様子はどこへやら、ロドリゲスは機敏《きびん》な動作であっという間にトヨタに上った。使い道の判《わか》らない頑丈《がんじょう》そうな工具を押しのけて、ちゃっかり運転席の背面に寄り掛《か》かる。

オーウェン兄弟の調子っ外《ぱず》れな歌声をBGMに、トラックはスムーズに発進した。

乾いた風が頬《ほお》や腕《うで》や腿《もも》を撫《な》でて、進行方向と逆に流れ去る。

「オレはやっぱり一〇〇%日本を支持するねー」

「なんだよ急に」

「だってさ」

医師は胸ポケットを布越《ご》しに一度摑《つか》み、快適な速度で過ぎ去ってゆくアスファルトを眺《なが》めた。

「日本では魔族が正義のヒーローなんだよー？　緑色で羽根が生えてて地獄耳《じごくみみ》で」

「地獄耳って」

「ま、オレが日本贔屓《びいき》だって裏設定はさ、誰《だれ》も知らないし、知られちゃいけないんだけどね。そういえばボブがハリウッドの役者にそっくりだってのは、もうきみに話したかな……」

彼は隣《となり》の男のお喋《しゃべ》りに、時には笑い時には怒《おこ》ってふて腐《くさ》れた。

運転席の兄弟が曲を変え、悪質男声二部合唱が響《ひび》き渡る。

ピックアップトラックの日本製のエンジンは振動《しんどう》も少なく、スピードを上げると風が強まってキャップを飛ばしかけた。

砂《さ》漠《ばく》はどこまでも続いてゆく。

砂の波は刻一刻と模様を変える。

ジュリア
ようこそ　この地球へ
みんなそう歌ってくれているよ

「………だ、だったトサ」

全《すべ》ての走り書きが繋《つな》がって、ひとつの短い物語が完成した瞬間《しゅんかん》、フォンクライスト卿《きょう》ギュンターと、眞魔国中央文学館編集者フォルクローク・バドウィックは黙《だま》り込んでしまった。

神経質な手つきで紙片を戻《もど》し、赤い表紙の日記帳を静かに閉じる。

「……そ、そんな隠された事実がありましたトサ……まさか魔王陛下の御魂が……前の生ではスザナ・ジュリアのものだったなんて……」

確かにそう言われてみれば、様々な事柄《ことがら》に説明がつく。アーダルベルトがユーリの脳味噌《のうみそ》を揺《ゆ》さぶって、この世界の言語を理解できるようにしたときに、ギュンター自身が口にした言葉が蘇《よみがえ》る。

『奴《やつ》は陛下の魂《たましい》の溝《みぞ》から、蓄積《ちくせき》言語を引きだしたのです。どんな魂も例外なく、それまで生きてきた様々な『生』の記憶《きおく》を蓄積しています。もちろん通常はその扉《とびら》が開くことはなく、新しい『生』で学んだことだけを知識として活用してゆくわけです。ところがあの男はその扉をこじ開けて、封印《ふういん》された記憶の一部を無理やり引きだしてしまったのです。言語蓄積があるということは、陛下の御魂がこの世界の物であったという証拠《しょうこ》です』

だったら、会話は堪能《たんのう》だったのに文字がまったく読めなかったのは何故《なぜ》だ？　目で見てもまるきり理解できない文章を、魔剣モルギフの鍔の裏に触《ふ》れたときに指先だけで読みとれたのは一体何故だ？

スザナ・ジュリアは生まれつき視力に恵《めぐ》まれなかったが、刻まれた文字なら指先で触れるだけで、かなりの速さで読解できた。

アーダルベルトが不用意に野蛮《やばん》な術を使い、ユーリの魂の底から彼女の記憶まで表に出してしまったのだとしたら。

そしてそれを誰よりも彼女を大切に想《おも》っていたはずの、ウェラー卿コンラートだけが知っているのだ。

「……なんという恐《おそ》ろしいことを……なんという……そのー、あうー」

深刻なことで悩《なや》み続ける緊張《きんちょう》感に耐《た》えかねて、ギュンターの思考能力はぷつんと切れた。理《り》屈《くつ》に裏付けられた真実は、私怨《しえん》に近い感情に矛先《ほこさき》を向けられる。

「どうも陛下がコンラートとばかり打ち解けていると思ったら、そういう背景があったのですか。なるほどそれでは無理もありません、彼ばかりに心を許すのも納得《なっとく》がゆきます。ほほう、ウェラー卿が知っていたとはね。陛下の御魂が元はスザナ・ジュリアのものであったと承知で異界までお連れしたとは……どうりで……」

編集者は両手を同時に上下させて、お子様みたいに机を叩《たた》く。

「ああもうーっ、これ結局終わってないんですけれどもっ。陛下の御魂がこのさき無事に生まれられたのか、続きが知りたくてウズウズするんですけれどもーっ」

「な、に、いっ、て、るん、です、か！　ご無事にお生まれになっていなければ、この城でヴォルフラムとじゃれ合ったり、コンラートといちゃついたりしてい、ま、せ……憎《にく》し……許すまじコンラート……」

気付くと向かいに座《すわ》るギュンターは、怒《いか》りと嫉妬《しっと》で血の気が引いていた。バドウィックは仕事に戻るべく、できる限り冷静な声を絞《しぼ》り出した。

「あ、あのー、閣下のお言葉の中のスザナ・ジュリアとは、もしや眞魔国三大魔女《まじょ》と讃《たた》えられる故フォンウィンコット卿スザナ・ジュリア様のことなのでしょーか？　されどわたしども業界人のみならず、全国民の大多数には、スザナ・ジュリア様はフォングランツ家のご長男と婚《こん》約《やく》されていたと眞魔国日報によって報《しら》されていたのですけれども……あ」

ウェラー卿の名前を口にする前に、竜《りゅう》の息の根くらいは軽く止めそうなギュンターの視線に射すくめられる。賢《かしこ》く立ち回ることこそが、人生で成功する重要なコツだ。編集者は即座《そくざ》に表情を変え、顔の前で右手をひらつかせた。ひきつりがちの頬肉だが、培《つちか》った営業笑顔《えがお》でどうにか持ち堪《こた》える。

「誠に残念なことながら我が社では醜聞《しゅうぶん》雑誌の部門がありません、どんなに心惹《ひ》かれる恋愛《れんあい》事情があったとしてもそれを公にするだけの受け皿が整っていないのですけれどもっ。ということはわたしにできることは、競合会社に絶対に漏《も》れないように口を噤《つぐ》むだけですともっ。ああさっき聞いたことは何だったんだっけ、急な記憶喪失《きおくそうしつ》に襲《おそ》われていますけれどもっ」

「あなたが賢明《けんめい》な方で幸いでした。この話は今すぐに忘れなさい。もしも誰かに一言でも漏らしたなら、どこへ逃げようと必ず見つけだし、雪ギュンターがあなたを凍え死《こごじ》にさせますよ」

今でも半冷凍《れいとう》くらいにはなっている。

「……どのみち女性向け小説としては……テーマが重くて使えませんよね……こうなったらやっぱり堅実《けんじつ》に、日記部分だけでいきましょうか！　枚数的にやや物足りない部分がありますので、そういう場面は臨機応変に加筆していただきます。もっとこう、より読み物的に娯楽《ごらく》文学的にです」

「読み物的に書くのですか!?」

「そうです」

「……私《わたくし》が？」

「もちろんですけれども」

「ほんとに私が？」

「他《ほか》に誰が書くのですか。閣下はもう作家・フォンクライスト卿ギュンターなのですよ」

作家という肩書《かたが》きに打ちのめされ、頭の中が大回転。作家作家作家、ああ故郷の親族にどう言い訳……いや説明しましょうか。そうだもしかして格好いい署名《サイン》の練習もしなくてはならないのでは。変に崩《くず》した書体でもわざとらしいし、だからといって威風《いふう》堂々角張った文字でも素人臭《しろうとくさ》いというものでしょう。いやしかしかしっ、練習までしておいて芽が出ずに話が立ち消えになりでもしたら、恥《は》ずかしいでは済まされません。

だが、そんな悩みは無用だった。

「でも閣下のお名前はちょっとお堅《かた》い印象があるので、よろしければもうちょっとご婦人方に受けが良さそうで、気持ちをぐっと摑む筆名を考えませんか？　何より本名で発行されますと、陛下との関係が全国民に知れてしまうのですけれども」

「あ、そうですか。作家っぽい感じの筆名をね」

ちょっとがっくり。

編集者はサクサクと話をすすめ、随分《ずいぶん》先のことまで持ち出してきた。

「気の早い話ですけれども、帯に煽《あお》り文句などもつけたほうが評判を呼ぶと思うんです。ぱっと目を引く短い言葉で、良さそうな案などございますですか？」

「……うーん、帯と言われましてもー」

「もしいい案がないようでしたら、そうですねー『究極の主従関係』なんていかがでしょう。陛下に向けた閣下の秘めた想い。打ち明けたい、でも打ち明けられない何故ならあなたは私の主《あるじ》であり私はあなたの従者であるからー……という、ねっ？」

どこかで目にしたような気もするが、ねっ、て小首を傾《かし》げられては、黙って頷《うなず》くしかないだろう。走り始めた編集者は、もはや誰にも止められない。

トントン拍子《びょうし》に話はすすみ、ついにギュンターは『春から始める夢日記』『夏から綴《つづ》る愛日記』の二作を小幅《こはば》改稿《かいこう》加筆修正して、二冊同時に出版することとなった。特に文章修行をしていなかった者が、いきなりの前後編同時発行である。書き足せだの直せだの指示されても、そうそう達者にこなせるわけがない。

彼はことあるごとに弱音を吐《は》き、できません、私はもう駄目《だめ》ですと泣き言をいった。

バドウィックがこれまた仕事熱心で、胸の奥に燃え盛る編集魂《だましい》で陰《かげ》に日向《ひなた》にサポートした。それがなければ出版はとっくに頓挫《とんざ》して、幻《まぼろし》の名作となっていただろう。

おまけにもう一つ厄介《やっかい》なことに、商業出版には締切《しめきり》があった。

「……もう駄目です。もう書けません」

「大丈夫《だいじょうぶ》ですけれどもっ、きっと書けますけれどもっ」

「でも私の日記なのに、他人の文章のような気がするんです。もう全然面白《おもしろ》くないし、魔族語が頭に浮《う》かばなくなってきました」

「そんなことありませんデスけれどもっ。それは誰もが通る道です」

「けどもう……どう考えても締切には間に合いません!」

大問題な発言にも、バドウィックは小さな拳《こぶし》を握《にぎ》りしめ、相手はもちろん自らをも鼓舞《こぶ》するべく、力強くこう答えた。

「間に合わせてみせますともっ！」

一見、根拠《こんきょ》のなさそうな断言だが、長年の業界生活で、それだけ自信をつけたのだろう。もうギュンターには逃《のが》れる道はなく、睡眠《すいみん》時間を削《けず》ってでも続けるだけだった。


「あれ、なんか派手な格好してオデカケデスカーぎゅぎゅぎゅのぎゅー？」

「へ、陛下っ……こ、これはその……巷《ちまた》に野暮用がございまして」

「ははー」

ユーリは訳知り顔でにやついた。何か良からぬ想像をこねくり回している目つきだ。

「デートだな？」

「でっでーとですって⁉　そんな陛下、滅相《めっそう》もございません！　私が陛下以外のお方とでーとなど、しようともしたいとも思いませんっ」

「またまたぁ、そう照れなくてもいいんだって。おれは高齢者《こうれいしゃ》の恋愛にも寛容《かんよう》なつもりだよ。いくつになっても恋《こい》は恋、広島カープも鯉《こい》と鯉。女の子と会うんじゃなかったら、そのお前らしくない原色の上着は何よ。手にした羽根《はね》飾《かざ》りつきの覆面《ふくめん》は何よ……って覆面？」

胸元まで持ち上げたギュンターの右手には、色鮮《いろあざ》やかな覆面が握られていた。突《つ》っ込んではいけない部分だったかと、ユーリは慌《あわ》てて言葉を濁《にご》す。

「ふ、覆面デートだなんて……なんかアダルトな感じだね。まあとにかくっ、天気もいいし一日楽しんできなよ！　相手のおねーさんにおれからもよろしくって伝えて」

「あああー陛下ぁー、違《ちが》うのです、この覆面は違うのですぅー」

実は城下町の大型書店で、本日は彼の署名会《サイン》が催《もよお》されるのだ。別名義で身分を隠《かく》して書いた以上、公に顔を曝《さら》すことはできない。それでも読者の反応は知りたいし、本人出張によって著作の売り上げも倍増する、かもしれない。そこで覆面署名会だ。甘いマスクの超絶《ちようぜつ》美形が、文字どおりマスク姿でサインしてくれる。楽しそうだが技はかけてもらえない。

そう、一月《ひとつき》前に出版された日記二部作は、まあそれなりに黒字という売れ方をした。しかし数字的には所詮《しよせん》「ほどほど」に過ぎない。この先、細く長く売れゆきを伸ばすためには、作者本人の地道な活動も大切だ。倉庫内に陣取った在庫の山を減らすべく、新人日記文学作家フォンクライスト卿ギュンター（筆名・別）は、永遠に闘い続けるのだ！

偉大《いだい》なる少年王の忠実なしもべは
主人《あるじ》への熱い思いを胸に秘め
めくるめく愛と葛藤《かっとう》の日記をしたためる
妄想《もうそう》大臣だったトサ。

閣下とマのつくトサ日記!?

END

# ムラケンズ的緊急会議

「ちゃーちゃーちゃーちゃらっちゃー、ちゃらん！　こばんにゃん、ムラケンズのムラケンこと、村田健《むらたけん》です」

「村田！　なんでちゃんと正しく挨拶《あいさつ》しないんだ⁉　人間として挨拶は基本だぞ」

「そしてこちらが渋谷有利原宿不利くんです」

「村田！　ひとの嫌《いや》がってるあだ名のことを敢《あ》えて言うのは人間としてどうかと思うよ……」

「なに悠長《ゆうちょう》なこと言ってんだよ。それどころじゃないだろ？　きみの今後の身の振《ふ》り方を巡《めぐ》って、これから熱いバトルを展開しようとしてるんじゃないか」

「バトルって……村田、スポーツ以外で戦闘《せんとう》するのは、人間として許される行為《こうい》じゃないぞ。けどさあ、いつもならこう、ここではちょろっと次回予告みたいなね、さーて来週の渋谷さんはー？　てなことを少しだけ公開するんじゃなかったっけ？」

「だからそれをこれから朝まで生バトル」

「あ、朝まで？　村田、やっぱ人間として、ていうより野球人として、常にベストの体調でいるためには睡眠《すいみん》は大切だぞ？」

「朝まで生渋谷。どうするどうなる渋谷有利かっこ原宿不利かっことじ。異論反論・生渋谷。

真剣《しんけん》十代・生渋谷。けどほんとに、渋谷有利に未来はあるのか？」

「何を縁起《えんぎ》でもないこと言ってんだよ。もちろんあるよ未来は。このままダンディーライオンズで大活躍《かつやく》して草野球日本一になり東京ドームでモルッと対戦その試合でプロのスカウトの目を引いて数年後には西武ライオンズにドラフト下位で入団しパ・リーグの星と……なんか空《むな》しくなってきたな……いやしかし、人間として夢は大切。夢も持たない人生なんて。ところで村田、お前の夢ってなに？」

「昨日はカツ丼責《どんぜ》めだったたな。で、今朝はW杯《ワールドカップ》で日本が準優勝」

「取調室かよ、サッカー好きめ。ってそれ眠《ねむ》ってみる夢じゃん」

「まったくー、議論する気がないんなら僕は蛍《ほたる》の光うたうぞー？　ほーたーるのー尻《しり》ーにはー発光体ー」

「歌詞違《ちが》ってるし！」

「うーん渋谷はこの先どうしたいの？　ずーっと人間として生きていきたいの？　それともグレートベリベリ恐怖《きょうふ》の大魔王《まおう》として、可愛《かわい》い坊《ぼう》やを攫《さら》ったりなんかしたいの？」

「いやそれ魔王違いだしさ。シューベルト批判とか迂闊《うかつ》にできねーし」

「うーん、じゃあ答えやすいように二択《たく》で質問します。卒業後は進学、就職、どっち？」

「『卒業』後の予定もあったりすんの!?　うわどうなるんだおれ、どうなるんだダックーっ!?」

「ディ◯ニーかい」

# あとがき

ごきげんですか、喬林《たかばやし》です。

私は、ごきげんどころか負け犬です……やってもうた……またしてもやっちまいました。

前回「あした㋮」のあとがきがGEGスペシャルだったことは、皆様《みなさま》の記憶《きおく》にも新しいことと思います。それというのもこの私が、人としてどうなのよ⁉　というくらい激ヤバなことをしてしまい、あの場を借りて詫《わ》びねば気が済まぬという状態だったからでした。ありがとうGEGそしてGEGよ永遠に！　とか言ってましたよね私。なのに。

またやってしまいました。

いやもうどれをどの程度やってしまってどんな状況《じょうきょう》だったのかを、ここで語るのはやめときましょう。詳《くわ》しくはHP《ホームページ》でッ（あの喬林がHPを？　持ってないじゃん）。とにかく今回の私は、あした㋮以上にヤバかった。家族やお友達は、明けないスランプはないよ（明けないまま引退しちゃう野球選手はいっぱいいるんだよう）とか、死んだ気でやれ（死んだら書けないよう）とか、今晩なに食べたいー？（オムライス！）とか、一部優《やさ》しい言葉をかけてくれたのですが、何しろ持って生まれた負け犬根性《こんじょう》、負け犬の星の下に生まれついた私。どんなに頑張《がんば》れと発破《はっぱ》を掛《か》けられても、グッバイスランプハローマイ文章にはなれないのでした。もうこうなったら角田師範《しはん》に「そんなんじゃ駄目《だめ》だ!」と弱き心を叩《たた》き直してもらい、原稿完了《げんこうかんりょう》の奥義《おうぎ》「押覇《おは》脱稿《だっこう》」を教えてもらうしかないか。いやそれとも横浜《よこはま》アリーナに乱入し、ロック様の妙《みょう》技《ぎ》を味わうがいい! って一発喰《く》らってくるしかないかな。でもどうせならダメ男系のジェリコに喰らわせられたいよなー、なんてことを考えちゃうくらいによれよれでした。「すまん、私はもうダバダ」というメールを友人に送り、失笑をかったこともありました。一行も進まないまま月日は過ぎ、おかしいなー今頃《いまごろ》は札幌《さっぽろ》ドームで開幕戦を観《み》てたはずなのにー、おかしいなー、なんかG1レースやってるぞー? と、前回以上にのっぴきならなく……。いつも文章以上の美形を描《か》いてくださる松本テマリさんにも、またしてもご迷惑《めいわく》をおかけしました。申し訳ない。多くの関係者の皆さんにも、悪夢のようなご迷惑をおかけしました……この上は、腹かっさばいてお詫びを(無理)。ああでじゃぶ(誰《だれ》がデブじゃ、私か。と間寛平《はざまかんぺい》風お約束)。

とにかく、肝臓《かんぞう》の脂肪《しぼう》を確実に二割増加させつつも、どうにかこうにか「閣下㋮」をお届けすることができそうです。今回は番外編ということで、主役を超絶《ちょうぜつ》美形にしてみました。そうそう、この「閣下と㋮のつくトサ日記!?」は「今日から㋮のつく自由業!」「今度は㋮のつく最終兵器!」「今夜は㋮のつく大脱走《だっそう》!」「明日は㋮のつく風《ふ》が吹く!」と続いた渋谷有利もののの番外編もしくは特別編となっております。ようやくシリーズ名が確立しましたよ。今後はどうぞ㋮《まるま》とお呼びください。頭軽そでいい感じ。シリーズ名決定直後に卒業かも? というのも、ある意味私らしくておいしいですが……。文中、密《ひそ》かにうけたのは人名です。ミンチー、ですか、喬林。内容はというと、W杯日韓共催記念で赤い悪魔《あくま》（ベルギー？）大活躍！　これまではギャグが寒いだけだった次男の後ろ向きっぷり大爆発《ばくはつ》！　謎《なぞ》の編集者の仕事ぶりも大公開（謎の編集者のモデルはGEGではありません。実際の編集者はもっとハードで、もっときちんとしたお仕事をされています）！　と、割と新事実てんこもりです。次男をダメ男系にしちゃったのは、私自身がそういうキャラが大好きだから。普通《ふつう》に本を選ぶときでも「ダメ男はいねがー、ダメ男はいねがー」と呟《つぶや》いているほど、情けないキャラクターが大好きだー。代わりといってはなんですが、女の子は格好良くないと気が済まない。結果として人間（魔族《まぞく》）関係はこういうことに……。こんな連中はいかがでしょうか？

さて「閣下Ⓜ」を書くにあたって、初めての経験がいくつかありました。まず、当初「ラブ日記」予定だったタイトルが編集部内で少々疑問視されたこと。「ラブって部分がなんかHという意見が」「なにぃそんなこと思うのは心が汚《よご》れてる証拠《しょうこ》だ」「判《わか》りましたそのように伝えておきます」「うわ待ってくれ、待ってください伝えないでー今すぐ新しい案を考えますー」という経緯《けいい》で「トサ日記」に変更《へんこう》。帯も自然にそのように、語尾《ごび》も自然にそのように。更《さら》に、このたび初めて関連資料という物を送ってもらいましたよ。届いた荷物の封《ふう》を開けると、そこには『文法全解・土佐《とさ》日記』……あのー私こういうもの頼《たの》みましたっけ？　GEGよ、これをどうしろと。古典に親しめとでもいうデスか。そしてそして、もう一つ初めてのことですが、本文中に後藤文月《ごとうふづき》さんの作品の、ある一部分を使わせていただきました。快く了承してくださる（はず）の後藤さん、ネタにしちゃってごめんなさい。日本一後藤率の高い文庫本「そして、世界が終わる物語」は全国書店にて絶賛発売中！

まあ人生長いことやっていても、初めてのことというのはいくらでもあるものです。初めてといえば「初めてお便りします」というお手紙を、予想以上にいただきました。「あした㋮」での卒業発言を気に掛けてお寄せくださった応援《おうえん》でした。皆様ほんとうにありがとうございます。どスランプに陥《おちい》っている状態だったので、いつも以上に心にしみました。また、いつもお手紙くださっている皆様も、卒業防止キャンペーンありがとうございます。皆様のお声を一助として、この先の渋谷有利をどうするか只今《ただいま》真剣に検討中です。やっぱり卒業はすることになると思いますが、でも小学校を卒業後、可能ならば中学進学させてもらおうと、現在鋭意《えいい》努力中です。新展開とか新展開とか……超《ちょう》シリアスとかー。これから朝まで生渋谷して、どういう方向に進むのかを決めるつもりです。是非《ぜひ》とも皆様のお考えもお聞きしたいので、ご意見・ご感想・ご希望・萌《も》え（笑）等お寄せください。八十円切手を貼《は》った返信用封筒《ふうとう》同封の方全員に、相変わらずな泣き言満載《まんさい》お返事ペーパーをお送りしています。あ、でも次の文庫が出る前に「ザ・ビーンズ」という雑誌で短編を書かせてもらえるかもしれません。

お待たせしております「三冊のうち二冊買ってくれて激ありがとう喬林独りフェア！」の件ですが、どうにか受付を始められそうです。「今夜㋮」「あした㋮」そして今回の「閣下㋮」

の三冊のうち、どれか二冊の帯をご用意ください。折り返し部分に小さくタイトルが入っているので、そこだけを切り取って応募《おうぼ》券代わりにしてください。帯の他の部分はそのまま保存してくださいね。それから、大変申し訳ないのですが、私が超貧乏《びんぼう》になってしまいそうなので、送料だけはご負担をお願いします。①応募券部分（二冊分）②八十円切手二枚（送料）③ご自分の住所氏名を書いた宛名《あてな》用シール（ビデオのラベル等でも大丈夫《だいじょうぶ》です）……の三点を用意して、巻末の宛先《あてさき》までお送りください。感想のお手紙に同封してくださってかまいません。もしつい最近既刊《きかん》を購入《こうにゅう》されて帯が全然なかったという方がいらしたら……要相談。そういう方はまずペーパーをご請求ください。締切《しめきり》は平成十四年十月末日消印有効で、薄本《うすほん》をお届けできるのは相当先になりますが、それでもいいと仰《おっしゃ》る寛容《かんよう》な方のご応募お待ちしております。薄本企画《きかく》に参加するしないにかかわらず「閣下㋮」のご感想や新展開へのご意見なども、是非とも聞かせてくださいね。しがない初心者文章書きがスランプやら不意打ちやらでヘコんだときに、何よりの助けになるものは紙に書かれた読者様の声なのだと、しみじみ感じてしまいました。

私も渋谷も新たな一歩を踏《ふ》み出すために、あなたの言葉が必要なんです。

喬林　知

「閣下と㋮のつくトサ日記!?」の感想をお寄せください。
おたよりのあて先
〒102-8078　東京都千代田区富士見2-13-3
角川書店アニメ・コミック事業部ビーンズ文庫編集部気付
「喬林　知」先生・「松本テマリ」先生
また、編集部へのご意見ご希望は、同じ住所で「ビーンズ文庫編集部」
までお寄せください。

# 閣下《かっか》と㋮のつくトサ日記《にっき》!?

喬林《たかばやし》　知《とも》

角川ビーンズ文庫　BB4-5　12485

平成14年6月1日　初版発行
平成17年4月10日　15版発行

発行者――井上伸一郎
発行所――株式会社角川書店
東京都千代田区富士見2-13-3
電話／編集（03）3238-8506
営業（03）3238-8521
〒102-8177　振替00130-9-195208
印刷所――暁印刷　製本所――コオトブックライン
装幀者――micro fish



ISBN4-04-445205-9 C0193 定価はカバーに明記してあります。

●角川ビーンズ文庫●
そして、世界が終わる物語
後藤文月
イラスト／後藤　星
究極の、主従関係。
「世界を救うために、最愛のあなたを殺す」
冥王モトレオの側近クーラが選ばざるをえなかった道とは……。

●角川ビーンズ文庫●
朝香 祥
イラスト／あづみ冬留
青い水《オアシス》と赤い沙原《サハラー・アフマル》が織りなす
究極のヒロイックロマン！
キターブ・アルサール
蒼い湖水《みず》
キターブ・アルサール
赫《あか》い沙原

Q.マのつく自由業って?
A.魔王。
喬林 知
イラスト/松本テマリ
絶好調!
抱腹絶倒ファンタジー!
今日からマのつく自由業!
今度はマのつく最終兵器!
今夜はマのつく大脱走!
明日はマのつく風が吹く!
閣下とマのつくトサ日記!?
○角川ビーンズ文庫●